長編時代官能小説

寝とられ草紙

睦月影郎

祥伝社文庫

目次

第一章　若き奥方の羞恥《しゅうち》と淫気

一

「あの、お助け下さいませんか……」

孝太《こうた》が使いの帰り道、神社の境内《けいだい》を横切ろうとすると、いきなり声をかけられた。

見ると、何とも可愛《かわい》い顔立ちの少女が、もう一人の美女を介抱《かいほう》しながら途方に暮れているところだった。

美女の方は二十歳《はたち》前後だろうか、着ているものと帯の懐剣《かいけん》で武家と分かった。

「どうしました」

「この方が、疲れて立てないでいるので、駕籠《かご》をと思うのですが、お屋敷がどこなのか……」

少女が困ったように言う。彼女もまた通りがかりのようだった。

「はあ、お屋敷はどちらでしょうか」

「戻りたくないのです……」

孝太が話しかけると、無人の本堂の階段に腰掛けた美女は、俯《うつむ》きながらかぶりを振って答えた。

「でも、ずっとここにいるわけにも参りませんでしょう」

「どうか、私のことは構わずに」

「そうはいきません。ここのところ物騒《ぶっそう》ですし、そろそろ日も傾《かたむ》きますからね」

孝太は言いながら、武家の女と話したのは初めてだと思った。しかも可憐《かれん》な町娘と武家の美女が困っているのだから、早く店へ帰らなければならないのに去りがたいものを感じた。

「では、うちのお店へいらっしゃいますか。近くだし、旦那《だんな》様なら力になってくれるかも知れない。富士見町《ふじみちょう》にある立花屋《たちばなや》です。私は奉公人の孝太」

「小間物屋の立花屋さんですか。ならば多くのお武家にも出入りしていますね。私は市ケ谷《いちがや》にある藤乃屋《ふじのや》の雪江《ゆきえ》です」

「ああ、確か創業したばかりの本屋さん」

孝太も、彼女の家を知っていた。しかし雪江は奉公人ではなく、そこの娘のようだった。

「じゃ、とにかくうちへ来て休んでくださいませ。旦那様は優しいから、きっと相談に乗ってくれると思いますよ」

孝太が言うと、武家の美女は小さく頷《うなず》き、両側から彼と雪江に支えられて立ち上がった。

「造作《ぞうさ》をかけます。私は、千乃《ちの》……」

彼女が答え、三人は境内を出た。千乃は病気ではなく、おそらく、ろくにものも食べずに歩き回った疲れだろうと思われた。千乃の着物を通して、ほのかな温《ぬく》もりと肌の弾力、さらに髪の香油か化粧か、彼女の吐息か体臭か、何とも甘く艶《なまめ》かしい匂《にお》いが漂《ただよ》っていた。

歩きながら孝太は、何やら股間がむずむずしてきてしまった。手すさびを覚えたばかりの十八歳、家は上総《かずさ》の片田舎《いなか》で、江戸へ奉公に出て三年になる。

享和《きょうわ》四年が、春に年号が変わった文化《ぶんか》元年（一八〇四）十月。爽《さわ》やかな秋晴れも、そろそろ日が西へと傾きはじめた七つ（午後四時頃）だ。さっきまで声が聞こえていた提灯《ちょうちん》張り替え屋や外郎《ういろう》売りなども、もう今日の仕事は仕舞い、江戸の町は夕餉《ゆうげ》の仕度に掛かりはじめたようだった。

外堀沿いに少し歩くと富士見町。

そこに大きな店を構える小間物問屋、立花屋があった。店は婦人用の、紅《べに》、白粉《おしろい》、櫛《くし》、簪《かんざし》などを扱い、多くの武家屋敷へも訪問して売っていた。

「では、申し訳ありませんが、あとのことはお任せしてよろしいでしょうか」

「ええ、私もたまに藤乃屋さんには寄らせていただきますので」

店の前で雪江が言うので、孝太は答えた。千乃が会釈《えしやく》すると、雪江も頭を下げて市ヶ谷方面へと帰っていった。

(いい子だなあ……。時間が取れたら、明日にも本を買いに行こうか……。これが良い縁になると嬉《うれ》しいのだけれど……)

孝太は雪江の後ろ姿を見送って思い、すぐ千乃を支えて店に入っていった。そろそろ店じまいの刻限だ。

「おお、孝太。遅かったな。おや、そのお方は……?」

店に入ると、主人の伊助《いすけ》が言い、千乃に目を留めた。他に客は居《お》らず、他の奉公人も片付けをはじめている。

「はい、どうやらお屋敷を出てきてしまったようで、たいそうお疲れです。どうしたものかと旦那様に相談をと思いまして」

「そうか。とにかくお入り下さい」

この界隈《かいわい》では仏の伊助と言われている、人当たりのよい顔立ちに、千乃も安心したように座敷へ上がった。

「もしや貴女《あなた》様は、先日、小田浜《おだはま》藩喜多岡《きたおか》家に嫁《とつ》がれた千乃様では」

「左様《さよう》です……」

伊助の言葉に、千乃が頷いた。

「おお、やはり。婚儀の際、お世話をさせて頂きました。では、嫁いだもののお嫌になり、実家へもお帰りになれないと、そのようなご事情ですか」

伊助が言うと、また千乃は小さく頷いて俯いた。それで千乃は、もう奥方なのにお歯黒を落としていたのだろう。

「しかし小田浜藩は大藩です。今ごろ大騒ぎでございましょう。おい孝太、急いで小《お》川町《がわまち》の上屋敷へ行ってご報告を。駕籠を使って良い」

「お、お待ちを……」

「いいえ、どうかお任せ下さいませ。悪いようには決して。なあ孝太、あそこのお屋敷に御典医《ごてんい》の結城玄庵《ゆうきげんあん》という先生がいる。その方にだけ、来ていただくように」

「承知いたしました」

言われて、孝太はすぐにも店を出た。あとは伊助が、千乃に夕餉でも出して休ませるだろう。

通りに出ると、すぐ空駕籠が通りかかり、孝太は乗り込んだ。そして小川町の喜多岡家、上屋敷に到着すると、門が開いて多くの家臣が出入りし、右往左往《うおうさおう》しているようだった。

「あ、あの……」

「なんだ！　いま取り込み中なのだ」

恐る恐る言うと家臣に睨《にら》まれ、孝太はすくみ上がってしまった。武士と話すのも、これが初めてである。

「千乃様が、うちのお店にいらっしゃいます」

「なに！　それはまことか！　そこを動くな！」

大きな目で睨まれ、孝太が頷くと、すぐに家臣が上司らしい人を呼びに中に駆《か》け込んでいった。

やがて小走りに出てきたのが白髪の立派な武士だ。家老といったところだろう。

「千乃様が、お前の店にと言うことだが」

「は、はい。お屋敷を出て歩き回り、たいそうお疲れでしたので、お店へお連れしました。旦那様は千乃様のお気持ちを考え、結城玄庵先生だけ、お店へ来て頂けますようにと。うちは富士見町の立花屋です」

「なに、そうか……」

家老は答え、すぐ手近な家臣に玄庵を呼ぶように言ったが、そこへ出てきたのは二十代前半の若い武士だった。

「良い、玄庵のところへは余《よ》が行こう。じい、他のものは屋敷へ戻るように。あとは余と玄庵で何とか致す！」

武士は、なんと若殿だった。

孝太が思わず膝《ひざ》を突こうとすると、彼は笑顔で孝太の手を取って言った。

「さあ、行こう。千乃の面倒を見てくれて忝《かたじけ》ない」

「い、いいえ……」

若殿は、孝太とともに小走りに門前を離れた。他のものは、若殿の命令だから、それを呆然《ぼうぜん》と見送るのみ、誰もついては来なかった。

だいぶ、気さくに動き回る殿らしい。着物も、それほど煌《きら》びやかではなく、むしろ地味なほどだった。

「余は喜多岡正春《まさはる》、千乃の夫だ。お前は」

「はい、立花屋の奉公人、孝太にございます」

彼は、腰が抜けそうな緊張に、声を震《ふる》わせて答えた。

「こうたはどのような字だ」

「親孝行のこうに太いです。もう親はおりませんが」

「左様か、苦労しておるのだな。報せに来てくれて有難《ありがた》い」

「いいえ、滅相《めっそう》も……」

孝太は言いながら、こんな優しく良い殿から、どうして千乃が逃げ出したのか理解できなかった。

間もなく、正春は典医である玄庵の屋敷に入った。典医とはいえ、上屋敷の外に屋敷を構え、たまに町医者のようなこともやっているようだった。

「これは殿、いかがなさいました」

訪《おとな》うと、すぐに出てきたのが四十代半ばの、坊主《ぼうず》頭で縫腋《ほうえき》を着た男だ。これが医者の結城玄庵らしい。

とにかく孝太は正春とともに座敷に上がり、孝太が事情を話した。

「ふむ、わかった。軽い気鬱《きうつ》だ」

「気鬱……」

「千乃様は吉住《よしずみ》藩の姫君。婚礼により、いきなり暮らしが変われば誰でも心身に不調をきたします。まして閨《ねや》の営《いとな》みも合う合わぬがありますゆえ」

「よ、余は何もおかしな真似《まね》は……」

「あはは、普通のことでも姫君には負担のこともありましょう」

玄庵は笑って言った。この典医も、主君を相手に相当に気さくであった。

やがて玄庵に言われて正春は上屋敷へと引き上げ、孝太は玄庵とともに立花屋へと足を運んだ。

二

「これは、玄庵先生。ようこそ」

「おお、伊助さん。わしだけ呼び出したのはさすがだ。多くの家臣が迎えに来たら、ますます千乃様の容態は悪くなる」

伊助に迎えられ、玄庵は千乃が休んでいる奥の座敷へと進んだ。

「ああ孝太と言ったな。お前も来い」

玄庵に言われ、孝太も一緒に客間に入った。

床《とこ》が敷き延《の》べられているが、寝巻きを借りた千乃は横にならず、その上に座って半身を起こしていた。夕餉の折敷《おしき》に乗せられた食器を見ると、少し残してはいるが、だいぶ口にしたようだった。

「千乃様」

「玄庵どの。私は屋敷へ帰りたくはない……」

玄庵の呼びかけに、千乃が恐る恐る言った。

「はい、よろしゅうございます。ここの主人である伊助さんは、私とは旧知の仲。頼み込んで、千乃様をここへ住まわせてもらえるよう取り計らいましょう」

「まことですか」

千乃の顔が、やや輝いたように見えた。

「ええ。母屋《おもや》の裏に、先代が使っていた隠居《いんきょ》所があり、そこが空いておりますので、お好きなだけお世話になるのがよろしゅうございましょう」

「そのような我儘《わがまま》が、許されましょうか……」

「はは、すでにお屋敷を出てしまわれましたでしょう。ここで療養をし、元気に正春様のところへ戻るのが最も良いかと思われます」

「療養となると、私は病ですか」

「軽い気鬱でしょう。暮らしぶりが変わると、とかく変調をきたすもの。ここでさらに、商家の暮らしでも味わえば気が紛《まぎ》れます」

「左様ですか……」

千乃が、納得したように頷いた。

すると玄庵が、孝太を振り返った。

「孝太、お前がお世話をするのだ。よいか、千乃様の言いつけには、どんなことでも従わねばならぬ」

「は、はあ……」

「伊助さんには、わしからも言っておく。千乃様が良くなられるまで、店の仕事よりもお世話の方を優先させるようにな」

玄庵は言い、やがて千乃を横にさせて搔巻《かいまき》を掛け、二人で客間を出てきた。

そして廊下で、玄庵が囁《ささや》く。

「お前はいくつだ。そうか、十八か。まだ無垢《むく》だな？」

彼は、一つ一つ質問に答える孝太に頷きかけた。

「千乃様の気鬱の、最も大きな原因は、殿との情交だ。男女の営み、分かるな？」

「は、はあ、実際には分かりませんが……」

「ああ、女は、最初はたいそう痛いものだ。まして殿様となると、春本のように陰戸を舐《な》めたり、様々な戯《たわむ》れもしない。だから濡《ぬ》れてもおらぬうち入れられるから、ことのほか痛む」

玄庵は、孝太の知らぬ世界のことを話した。

喜多岡正春は二十三歳。やはり大名の吉住家から嫁いできた千乃は、十九歳ということだった。

「だから、今の千乃様はすべての男を遠ざけたい心境なのだが、お前のように無垢で大人しい男なら、気持ちが上に立てる。だから癒《いや》しになるのだ」

「はあ……」

孝太は、分かったような分からないような返事をした。

「おそらく千乃様は、お前の身体を探り、情交の真似事までするかも知れぬ」

「そ、それは……」

「ああ、さっき言ったように、何でも千乃様の言いつけには従わねばならぬ。お前も構わぬな？　最初の女が武家でも。ただ、守るべきことが二つある。他言無用。そして、いかに淫気を催《もよお》そうとも、千乃様に言われたことの他は、自分から決してせぬことだ。良いな」

「は、はい……」

わけが分からないまま、孝太は頷いた。

千乃が自分に情交を求めるなど、まず信じられなかった。仮に実際にあったとしても、大藩の奥方と関係したなど、口が裂《さ》けても他言できるものではない。もし外部に漏《も》れれば、自分どころか立花屋も只《ただ》では済まなくなるだろう。

だが、典医の言うことだから、まるで見当外れではないのかも知れない。

さらに帳場に戻った玄庵は、伊助と二人で何やら話してから、やがて日暮れの町を帰っていった……。


――翌朝、立花屋は店を開ける前に、奉公人一同が裏の離れを掃除し、千乃を滞在させる準備をした。

伊助の亡父が隠居所に使っていた離れは、完全に独立した仕舞屋《しもたや》で六畳に四畳半、厨《くりや》に厠《かわや》に納戸がある。

立花屋の家族は、伊助と一人娘の園《その》だけで、女房は既に亡《な》い。あとは孝太のような住み込みの奉公人と、通いの女中が何人か居るだけだった。園は事情があり、今は家を空けていた。

伊助も千乃を預かることに関し、玄庵に言われてだいぶ張り切っているようだ。何しろ小田浜藩と言えば公方様《くぼう》の覚えも目出度《めでた》く、ここで恩を売っておけば、やがては立花屋も将軍家の御用達《ごようたし》に推挙され、大奥へも小間物を納めるようになれるかも知れないのだ。

そのためにも、まずは千乃を預かり、気鬱を治して喜多岡家へお返ししなければならない。

千乃もすっかり、立花屋へ滞在する気になっているようだ。

そして準備が整う間、孝太は伊助に言って外出させてもらった。やはり、経緯を雪江にも報告しておきたかったのだ。

もちろん、それ以上に彼は雪江の顔が見たかったのである。

逸《はや》る気持ちで富士見町から市ヶ谷へ歩き、八幡《はちまん》様の石段脇にある藤乃屋へ行った。

ここは、以前は摺師《すりし》を営んでおり、多くの印刷物を扱っていたが、今年から本屋に転業したのである。

孝太も使いのたびに前を通ることがあり、多少の金が自由になったら春本でも買いたいと思っていたのだった。

「いらっしゃいませ」

店に入ると、三十前後の男が帳場から声をかけてきた。

「あの、私は富士見町の立花屋から参りました、孝太と申します」

「はあ、私はあるじの藤兵衛《とうべえ》ですが」

「その、雪江さんはご在宅でしょうか」

「ああ、雪江に御用ですか。居りますよ。おい雪江」

藤兵衛は頷き、振り返って奥に声をかけた。

してみると雪江は、この藤兵衛の年の離れた妹と言うところなのだろう。細かな詮《せん》索《さく》もせず、すぐ呼んでくれたので、孝太もほっとした。

すぐに軽い足音が聞こえ、雪江が可憐な顔を見せた。

「まあ。確か、立花屋の孝太さん」

雪江は笑みを浮かべ、孝太は自分を覚えてくれていたことが嬉しかった。

「昨日はどうも。千乃様は、立花屋へ少しの間、住むことになりました」

「そうなのですか」

「はい、喜多岡様の御典医が、そのように奨《すす》めてくださいまして、千乃様の気鬱が癒《い》えるまで、うちでお預かりすることになったのです」

孝太は、雪江の兄の前で決まりが悪かったが、なるべく歯切れよく、下心もなく報告に来ただけだという様子を強調して言った。

「そうでしたか。あれからどうしたかと気になっておりました。お見舞いに行っても
よろしゅうございますか」
「はい。千乃様もお喜びになるかと」
孝太が言うと、雪江は藤兵衛に伺《うかが》いを立てた。
「ああ、事情はよく分からぬが、喜多岡家の御典医なら玄庵先生だ。縁のない方では
ないし、人助けをしたのなら良いことだ。行っておやり」
藤兵衛も快《こころよ》く言ってくれ、すぐに雪江は仕度をしに奥へ戻った。
「玄庵先生は、そんなに有名な方なのですか」
「ええ、私も若い頃からずいぶんお世話になりました。お目にかかることがあれば、
よろしくお伝え下さいませ」
藤兵衛は言い、やがて出てきた雪江と孝太は外へ出た。
「もう千乃様は食欲もおありですか？　何がお好きでしょう」
雪江は、途中で菓子《かし》屋に寄り、適当なものを見繕《みつくろ》って買った。
さすがに歩くときは前後に少し離れたが、それでも可憐な雪江と歩けるのは嬉しか
った。
彼女も店の手伝いで、何かと本を求めて神田《かんだ》方面へ出向くことがあるようだった。

やがて二人は立花屋に着き、店ではなく母屋の脇《わき》を通って裏の離れへ行った。

もう掃除と片付けも済み、千乃は離れに床を敷き延べていたが、今は起きて縁側から庭を眺めていた。

「おお、そなたは、確か雪江」

「はい。昨日よりお顔の色がよろしいですね。安心いたしました」

千乃の呼びかけに、雪江が笑顔で答えた。

三

「孝太。これから世話になります」

「いいえ、どうかご自分の家と思い、お寛《くつろ》ぎ下さいませ」

千乃に言われ、孝太も自分の家ではないのに恭《うやうや》しく答えた。

あれから千乃は、雪江が持ってきた菓子を食べ、たいそう上機嫌だった。笑みもこぼれるようになったので、雪江も安心して帰っていったのである。

孝太は途中まで雪江を送り、また胸をいっぱいにして引き上げてきたのだった。

雪江は十七歳。孝太より一つ下だった。

孝太にとって、雪江は初めて会った心惹《ひ》かれる町娘だ。もし縁が深まれば先々にも希望が持て、やがて一緒になれる日が来たらと思いを馳《は》せてしまった。

そして千乃は、初めて会った武家の奥方。孝太より一つ上と言うだけだが、さすがに武家としての落ち着きと優雅さ、反面少女のようなあどけなさも漂う、魅惑《みわく》的な美女だった。

恋情は雪江に向け、そしていけないと思いつつ淫気は千乃に向けてしまった。何しろ、武家の美女と身近に接するなど、生涯に一度きりのことだろう。それに玄庵の言葉も意味深長である。

どちらにしろ大藩の奥方とは、一緒になるとかどうとか以前に、別世界の住人なのだから、妙な縁で今だけ親密にし、出来ることなら快楽の道具として扱われて良いから、女体の神秘に触れてみたかった。

伊助も、孝太が離れへ入り浸《びた》って千乃の話相手になることを承知し、まず店が忙しいので他の誰かがここへ来るようなことはなかった。

今も昼餉を終え、夕方まで離れで過ごすことになった。奉公して三年、これほどのんびりした時を過ごすのは初めてだった。

もちろん武家を相手の緊張もあるが、玄庵の指摘通り、なぜか千乃は孝太のことが気に入ったようなのである。

「孝太、お前は好きな女はいるの?」

千乃が、物怖《ものお》じせぬ澄《す》んだ眼差《まなざ》しで、じっと彼を見つめて訊いてきた。なるほど、お姫様育ちというのは、こんなにも清らかな目をしているものかと思った。今まで彼女を騙《だま》そうなどという存在には会ったことがないのだろう。

もちろん孝太は、一瞬彼女の目を見ただけで、すぐに伏せてしまった。

「いいえ、おりませんが……」

「あの、雪江は良い娘ですね。見ず知らずの私に声をかけ、心の底から気遣ってくれた。お前と似合いに思いますが」

「本当ですか」

孝太は嬉しそうに言って彼女を見上げ、また視線を落とした。

「そう。好きなのですね。でも、もし二人が一緒になるとしたら、雪江には済まないけれど、私はお前に頼みがあります」

「はい。何なりと」

孝太は答え、何やら妖《あや》しい予感に胸が高鳴ってきた。

「私は吉住藩の江戸屋敷で生まれ育ち、何度か芝居や花見で外に出る他は、ずっと部屋に籠《こ》もっておりました。乳母《めのと》から、男女のことは聞き知っておりましたが、いざ嫁《か》して行なうと、どうにも耐えられなかったのです」

「はあ……」

やはり、そうした話題になり、孝太はますます顔に血が昇ってきてしまった。

「正春様は、とても良い方で私にも細かな気配りをしてくださいました。しかし情交とは、何とも痛く、そして恥ずかしいものでした。子を生《な》すための試練と思っても、どうにも我慢ならず……」

「それで、お屋敷を出てしまわれたのですね」

「玄庵どのも、何度かするうち慣れると言ってくれましたが、とてもそのようには思えないのです」

「私も、したことがないのでよく分かりません……」

「だが、無垢でも男は淫気が溜《た》まると、自分で精汁を放つと聞きます。お前も、そのようなことを?」

「は、はい。致します……」

孝太は、羞恥と緊張に身を強《こわ》ばらせながら、正直に答えた。

「そうか。それがどのようなものか、私に見せてくれませぬか。雪江に操《みさお》を立てたい気持ちもあろうが、どうか、それを曲げて是非にも……」

「ま、まだ雪江さんと約束があるわけではありませんので、どのようなことでも、千乃様の言いつけに従います……」

孝太は、興奮と期待に声を震わせて答えた。

もちろん淫《みだ》らな好奇心は絶大だが、何か粗相《そそう》があってはいけないという緊張も忘れなかった。玄庵が言った、自分からは何もするなと言うことは、いかに千乃が孝太に興味を持とうとも、調子に乗るなという意味なのだろう。

「左様ですか。ならば、何もかも脱いで、ここに横になってくれますか」

千乃に言われ、いよいよ妄想《もうそう》が現実のものになるのだと、彼は胸の奥で大太鼓を一つ鳴らした。

「は、はい……。恥ずかしゅうございますが、たってとならば……」

孝太は指を震わせながら帯を解き、着物を脱ぎはじめた。

昨夜寝しなに、井戸端で水を浴びて身体を念入りに洗ったし、今日は涼しいので、さして汗もかいていない。

千乃は布団《ふとん》の横に端座したまま、ほんのり色白の頬《ほお》を桃色に染めながら、じっと彼の仕草を見つめていた。

孝太は着物と襦袢《じゅばん》を脱ぎ、下帯姿になってチラと千乃を見たが、彼女は続けろと言うふうに視線を逸《そ》らさなかった。やがて彼は、目眩《めまい》を起こしそうな緊張の中、とうとう下帯を解き放ち、全裸になって布団に仰向《あおむ》けになった。昨夜、彼女が寝た布団を持ち込んだのだろう。ほんのりと甘い匂いが染みついていた。

するると、千乃がにじり寄って、彼の全身をくまなく眺め回した。

あまりの緊張に、一物《いちもつ》は縮こまっていた。

「これが男の身体か。闇は暗いので、見るのは初めて……」

千乃は呟《つぶや》くように言い、やがて熱い視線が一点に集中して注がれた。

「これが男のもの……。これが入って痛みを覚えたのか……、柔《やわ》らかいが……。それに、これはお手玉のような袋……」

彼女は言いながら手を伸ばし、物怖じせず亀頭をつまんで、感触を確かめるように動かしはじめた。さらにふぐりにも指を這《は》わせてきた。

「ああ……」

その刺激に、勃起したら失礼かもしれないと思って気持ちを抑えていた孝太も、喘《あえ》ぎながらむくむくと反応してきてしまった。

「まあ……、このように硬《かた》く大きく……」

千乃は、驚いたように言って手を離した。

いったん一物に血流が巡《めぐ》ってしまうと、あとは勢いよく張りつめ、僅《わず》かの間に最大限に屹立《きつりつ》してしまった。

「なるほど、刺激するとこのように大きくなるものなのか。ならば痛いのも無理はない。確かに日頃から大きかったら邪魔であろうが、では孝太は、この私に淫気を……？」

「も、申し訳ございません。しかし決して淫らな気持ちではなく、お美しい千乃様のお役に立てるかもしれないという歓《よろこ》びが、このような形に……」

孝太は、あまりの興奮でしどろもどろになりながら言った。

「これで、精汁が出るようになったのですね。放つときは、ことのほか心地よいと聞きますが、そうなのですか」

「ええ……、天にも昇る心地がします。ほんの、十数えるばかりの間ですが」

「指でいじると出るのですか。このようにですか？」

千乃は再び一物を温かな手のひらに包み込み、にぎにぎと動かしてくれた。ほんのり汗ばんで柔らかな手が、何とも心地よかった。

「ああ……」

「心地よいですか。手本に、自分でしてみてください。いつものように」

彼女は言い、いったん手を離した。孝太は自分で握《にぎ》り、手のひらと指で筒《つつ》を作り、上下に動かしはじめた。

「なるほど、そのようにするのですか。では私も。身体を、このようにすると手を動かしやすいです」

千乃は言って彼の半身を起こし、背後に回って脇から手を回してきた。

ちょうど彼が座ったまま千乃を背負うような形だ。美しい顔が見えなくなったが、かえって緊張が解け、快感に専念できた。千乃も再び肉棒を摑《つか》み、彼がしたように指を前後させてくれた。

「ああッ……！　千乃様、お手が汚れますので……」

「もう出そうなのですか。構いません」

千乃は、彼の肩越しに股間を覗《のぞ》き込みながら手を動かした。

やはり他人の指は、予想もつかぬ動きをして、自分でする快感の何倍もあった。

しかも相手は武家の美女なのである。彼の背には着物越しとはいえ千乃の胸が密着し、温もりが伝わってきた。

そして肩越しには、千乃の生温かく湿《しめ》り気ある息が感じられた。彼は、その甘く刺激的な息の匂いを感じた途端、大きな絶頂の渦《うず》に巻き込まれてしまった。

「い、いく……、アアッ……！」

孝太は口走り、千乃の胸に寄りかかりながら突き上がる快感に身悶《みもだ》えた。

同時に熱い大量の精汁が、勢いよくほとばしった。

「すごい……」

肩越しに見ていた千乃が呟き、噴出《ふんしゅつ》に驚きながらも幹《みき》をしごく指の動きを続行してくれた。孝太は激しく身を震わせ、時には体重をかけて千乃に寄りかかってしまいながら、最後の一滴まで絞《しぼ》り尽《つ》くした。

「ど、どうか、もうご勘弁《かんべん》を……」

身をよじって降参するように言うと、ようやく千乃は一物から手を離してくれた。

孝太は余韻《よいん》に浸るどころではなく、むしろ激情が過ぎると、武家の妻女の手を汚してしまった恐ろしさに震え上がってしまった。

四

「生臭い、これが子種の匂いですか……。でも、全て出し切ると、また縮んでくるのですね」

濡れた指を嗅《か》ぎ、なおも一物の観察を続けながら千乃が言った。

孝太が指を拭《ふ》いてやろうとしたが、千乃は彼の背後から移動すると構わず自分で懐紙《かいし》を取って拭《ぬぐ》い、彼には再び仰向けになるよう言った。

ようやく孝太も呼吸を整え、まずは数日分の一回目を出して、少し落ち着きを取り戻した。

ここのところ忙しく、寝しなの手すさびも怠《おこた》りがちだったから、実に久しぶりの快感だった。しかし出してすっきりしたかというと、かえってそれが呼び水となり、さらなる体験を求めたくなってしまった。

何しろ生まれて初めて人の手で果て、しかも相手は武家の美女、さらには武家の中でも大名の奥方という身分だ。

「今日は、この一度きりですか」

「い、いえ……、少し休めば何度でも……」

「何度でも。それは、どれぐらい?」

「多くて、一晩に五回ほどと思いますが、朝が早いので最近は三度までです」

「左様ですか。殿は毎日でしたが、日に一度きりでした。それでも辛《つら》くて、夜が怖かったのですが……」

千乃が言う。嫁して、まだ五日ほどらしいが、それでも耐えられなかったようだ。

「恐れながら、交接が辛かったのは、千乃様の陰戸が濡れていなかったからではないでしょうか……」

孝太は言ってみた。

「なに、それはどういうことですか。粗相もしないで濡れるとは……」

「私も、本で見聞きしたので実際には分かりませんが、陰戸の中にあるオサネという小粒の豆を刺激すると、蜜汁《みつじゅう》が溢《あふ》れると聞きます」

孝太は、再び股間をムズムズさせながら言った。春本を買う金はなかったが、前に番頭がくれたものを読んだことがあった。

「それは聞いておりません。どのようなものでしょう」

言うなり、千乃は立ち上がって帯を解きはじめてしまった。

脱いで見せてくれようというのだろう。昼間で、障子《しょうじ》越しには秋晴れの陽《ひ》が射《さ》して明るいが、特に羞恥は感じないようだ。それは幼い頃から身の回りの世話をされてきた姫君だし、まして夫の正春ならともかく、町家の小者相手には恥ずかしがる必要もないのだろう。

それが、かえって孝太には嬉しく、美女の玉の肌が見られる幸運に感謝した。

千乃は衣擦《きぬず》れの音をさせながら着物と足袋《たび》を脱ぎ、そのたびに生ぬるい風が巻き起こり、ほんのりと上品に甘い匂いが揺らめいた。

さらに千乃はみるみる白い肌を露《あら》わにしてゆき、襦袢と腰巻まで取り去って、たちまち一糸《いっし》まとわぬ姿になってしまった。

孝太が身を起こすと、入れ代わりに千乃が仰向けになった。

見下ろすと、そこに憧《あこが》れ続けた女体が、余すところなく肌をさらし、豊かな乳房を息づかせていた。

何と、美しくも清らかな裸体であろうか。

孝太は思わず生唾《なまつば》を飲みながら、千乃の肢体《したい》を舐めるように見つめた。肌は透《す》けるように白く、意外なほど乳房が大きかった。そして腹部がくびれ、また腰の丸みが強調されていた。脚もむっちりと肉づきが良く、淡《あわ》く霞《かす》んだような股間の翳《かげ》りも実に艶かしかった。

「さあ、見て。自分でも、どれが何なのかよく分からないのです」

千乃が言い、僅かに立てた両膝を広げてくれた。

「では、失礼いたします……」

孝太は緊張と興奮を抑えて言い、脚の間に腹這いになって、千乃の股間へと顔を進ませた。

白く滑《なめ》らかな内腿《もも》と、股間から発する熱気が顔を撫《な》でた。中心部には、ほんのりと熱気と湿り気が籠もり、悩ましい匂いが感じられた。

おそらく最後の入浴は一昨夜の夕方だろう。昨日は歩き回っているし、立花屋では風呂を焚《た》いていない。

中心部に目を凝《こ》らすと、そこに憧れ続けてきた女体の神秘の部分があった。

下腹から続く、滑らかな色白の肌が股間でふっくらとした丘になり、そこに楚々《そそ》とした茂みが密集していた。丸みを帯びた割れ目からは、薄桃色の花びらが僅かにはみ出し、大股開きのため、その陰唇も開いて奥の柔肉が覗いていた。

「申し訳ありません。中を見るため、触れさせていただきます」

孝太は声を震わせて股間から言い、そっと指を押し当てて陰唇を左右に広げた。

「く……」

触れられた千乃は小さく呻《うめ》き、微かにぴくりと肌を震わせた。

丸見えになった中身に、孝太は熱い視線を注いだ。おそらく、正春も見てはいないだろう。

中は、ぬめぬめと潤《うるお》いを持った綺麗《きれい》な桃色の柔肉だ。細かな襞《ひだ》が花弁状に入り組む膣口が息づき、ぽつんとした小さな尿口も確認できた。さらに上の方には、頭巾《ずきん》のような包皮をかぶったオサネが、つやつやした光沢を持って顔を覗かせていた。

「ここが、一物を差し込む陰戸の穴で、孕《はら》めば、ここから子を産みます」

孝太は、そっと指で膣口に触れながら言った。

無垢な男が奥方に説明するというのも妙なものだが、千乃も触れられて僅かに反応しながら、素直に頷いていた。

「ゆばりを放つ穴がここで、オサネはここにございます」

「あッ……！」

指先で軽く突起《とっき》に触れると、千乃が声を洩《も》らし、びくっと下腹を波打たせた。

「感じますか」

「ええ……、すごく……。何やら、身体を操られるような……」

千乃が、感覚を探りながら答えた。

「しかし、指だと刺激が強いといけませんので、お舐めいたしますね」

孝太は、激しい興奮に息を弾《はず》ませながら言った。どうせ正春が舐めることはないから、なまじ大きな快感を教えない方が良いのだろうが、何しろ孝太は初めての陰戸に夢中になってしまっていた。

「な、舐める……？　そこは、ゆばりを放つところですよ……」

「町人には当たり前のことですので、暫《しば》しのご辛抱《しんぼう》を。もし、どうしてもお嫌なら仰《おっしゃ》ってくださいませ」

孝太は言いながら、悩ましい匂いに誘われるように顔を寄せていった。そして柔らかな茂みの丘にぎゅっと鼻を埋め込み、割れ目に唇を押しつけた。

恥毛の隅々には、生ぬるく甘ったるい汗の匂いが馥郁《ふくいく》と染み込んでいた。そして下の方に行くほど、汗よりもゆばりの匂いが濃くなり、その刺激が鼻腔《びこう》から一気に一物へと伝わってくるようだった。

孝太は美女の匂いを何度も胸いっぱいに嗅ぎながら舌を這わせ、陰唇から徐々に内部へと差し入れていった。

「ああ……、本当に、舐めているの……。汚いのに、嫌ではないの……？」

千乃が譫言《うわごと》のように言いつつ、ひくひくと下腹を波打たせ続けた。

うっすらとした湿り気は、残尿の味だろうか。それも、くちゅくちゅと襞を掻き回すように舐めているうち、少しずつ滑らかになってきて、淡い酸味が混じりはじめてきた。これが淫水の味なのかも知れない。

そして彼は膣口から柔肉をたどり、ゆっくりとオサネまで舐め上げていった。

「アアッ……！」

千乃が激しく声を上げて顔をのけぞらせ、反射的にぎゅっときつく内腿で彼の顔を締め付けてきた。

孝太も彼女の腰を抱え込み、舌先を突起に集中させた。上唇で包皮を剝《む》き、オサネを弾《はじ》くように舐めるたび、彼女の内腿に力が入って蜜汁の量が増していった。

「ああ……、き、気持ちいい……、孝太、もっと……」

千乃が熱く喘《あえ》ぎながら言い、何度も弓なりに身を反《そ》り返らせた。愛撫《あいぶ》には無垢だった彼女は、素直にオサネへの刺激に夢中になってくれたようだ。孝太は、自分の拙《つたな》い愛撫で千乃が感じてくれることに言いようのない歓びを覚えた。

彼はオサネを舐めては、新たに溢れたぬめりをすすり、美女の舌触りと味と匂いを胸の奥に刻みつけた。

さらに、指一本なら痛くないだろうと、オサネを舐めながらそっと指を膣口に差し入れてみた。中は熱く濡れ、実に柔らかかった。さすがに入り口は狭いが、潤いが充分なので、たちまち指は深く滑らかに吸い込まれていった。

「あうう……、何をしているの。ううん、止めなくていいわ。もっと強く……」

千乃が声を上ずらせて言うので、孝太も指を出し入れさせるように動かし、内部の天井をこすりながらオサネに吸い付いた。

すると、次第に彼女の腰がガクガクと跳《は》ね上がりはじめた。そして蜜汁の味が、急に酸味を増して濃くなってきた。

「アア……、何これ、身体が宙に舞うような……、溶けてしまう、ああーッ……！」

たちまち千乃は口走るなり、粗相したかと思えるほど大量の淫水を溢れさせ、ガクガクと狂おしい痙攣《けいれん》を開始した。

膣内の収縮も最高潮になり、孝太は女が気を遣《や》るときの凄《すさ》まじさを目《ま》の当《あ》たりにして感動したのだった。

五

「も、もう堪忍《かんにん》……、変になる……！」

千乃が降参するように声を絞り出し、少しもじっとしていられないように腰をよじった。

やがて彼女がぐったりと放心状態になり、もういくら舐めてもピクリとも反応しなくなってから、孝太は指を引き抜き、顔を上げて千乃の股間から身を起こした。

指は、淫水が攪拌《かくはん》されて白っぽく濁《にご》り、ねっとりと糸を引いていた。

「ああ……」

千乃は、股間から彼が離れたので脚を閉じ、横向きに寝返りを打って身体を丸め、いつまでも荒い呼吸を繰《く》り返していた。

孝太は、すっかり完全な大きさに回復し、我慢できないほど興奮を高めていた。そして千乃が、生まれて初めての絶頂で前後不覚になっているのを良いことに、そっと肌に舌を這わせてしまった。

太腿から足首まで、すべすべの脚を舐め下り、形良い足裏に顔を押し当てた。

千乃の反応はない。

指の股に鼻を割り込ませると、そこは汗と脂《あぶら》にじっとりと湿り気を帯び、悩ましい匂いを籠もらせていた。昨日は、おそらく人生で最も歩き回った日だろう。その苦労のあとが濃い匂いとなって彼を刺激してきた。

孝太は爪先《つまさき》にしゃぶり付き、桜色の爪《つめ》を舐め、指を一本一本吸っては、それぞれの間に舌を割り込ませていった。

ほんのりしょっぱい味と匂いが消え失せるほど舐め尽くすと、もう片方の足も心ゆくまで賞味した。

そして彼は踵《かかと》から脹《ふく》脛《はぎ》を舐め上げ、白く形良い尻の丸みを舌でたどり、腰から背中まで舐め上げていった。肌は、ほんのうっすらと汗の味が感じられた。

うなじまで行って髪の匂いを嗅ぎ、また背中を舐め下り、脇腹に寄り道してから、今度は本格的に尻の谷間に顔を寄せていった。

指でむっちりと双丘を開くと、奥には可憐な薄桃色の蕾《つぼみ》がひっそりと閉じられていた。鼻を押し当てると、顔中に尻の丸みがひんやりと密着して実に心地よかった。

蕾には、秘めやかな微香が馥郁と籠もり、こんな美しく高貴な奥方でも、ちゃんと用を足すことが分かり、そんな当たり前のことすら孝太には大発見のように思えたのだった。

何度も鼻を埋めて匂いを嗅ぎ、やがて細かに震える蕾に舌を這わせた。

「く……!」

放心していた千乃が、息を吹き返したように呻き、びくりと豊かな尻を震わせた。

孝太は充分に濡らしてから舌先を内部に潜り込ませ、ぬるっとした滑らかな粘膜《ねんまく》まで味わった。

「あう……、なぜ、そのようなことを……」

千乃が言い、孝太は舌を出し入れさせるように顔を前後させ、ひんやりとした尻の丸みが顔に密着するたび、限りない悦《よろこ》びが彼を包み込んだ。

すると、千乃が尻を庇《かば》うように、横向きに丸まった姿勢から、再び仰向けになってきた。

孝太は彼女の片方の脚をくぐり抜け、また股間に顔を寄せた。そこは大量の蜜汁にまみれ、色づいた陰唇とオサネが愛撫を待つようだった。

彼は顔を埋め、新たなヌメリをすすりながらオサネに吸い付いた。

「く……、もう良いから、入れて……。今なら、痛くない気がします……」

「よ、よろしいのですか……」

言われて、孝太は驚きながらも激しい期待に一物を震わせた。

「良いのです。可愛いお前と、してみたい……」

千乃が言い、彼は身を起こして股間を進め、恐る恐る先端を奥方の陰戸に押し当てていった。

潤いをまといつかせてから見当をつけ、ぐいっと腰を突き出すと、張りつめた亀頭がぬるりと滑らかに潜《もぐ》り込んでいった。あとは、ぬるぬるっと心地よい肉襞の摩擦《まさつ》とともに、肉棒は根元まで吸い込まれて股間が密着した。

憧れの情交、感激の初体験の瞬間だった。しかも相手は高貴な武家の妻女なのだ。まさか自分の最初が、このような相手になるとは夢にも思わなかった。

「アァッ……！」

千乃が、びくっと顔をのけぞらせた。

「痛くはございませんか……」

孝太は、熱いほどの温もりと、きつい締め付けに暴発を堪《こら》えながら訊いた。

「い、痛くはありません。どうか、続けて……」

彼女は息を詰めて言いながら、彼の身体を抱き寄せてきた。孝太も、抜け落ちないよう押しつけながら両脚を伸ばし、身を重ねていった。

武家の柔肌に体重を預けて良いものだろうか。しかし彼女は下からしがみつき、汗ばんだ肌が密着していた。

痛みがないというのは、やはり舐めたため、いつになく濡れていたことと、すでに気を遣っていたからだろう。あるいは、正春の一物が巨大すぎるという可能性もないではないが、まず会って見たところ殿様らしい優男《やさ》だから、それほど孝太と大きさが違うとも思えない。

そして正春との体験により、ある程度挿入《そうにゅう》に慣れつつあり、今がちょうど痛みを感じなくなる境目だったということも考えられた。そうなると、孝太はいちばん良い時期を奪ってしまったことになるが、千乃が屋敷を出てしまったのだから、これも巡り合わせというもので、仕方がないことだろう。

とにかく、良いと言うのだから最後まで突き進んで構わないのだ。

孝太は充分に、美女の温もりと感触を味わい、さらに屈《かが》み込んで形良い乳房に顔を埋めてしまった。

桜色の乳首に吸い付いて舌で転がし、顔中を柔らかな膨《ふく》らみに押し当てて弾力を味わった。

もう片方も含んで吸い、さらに腋《わき》の下にも顔を埋めて甘ったるい汗の匂いで胸を満たした。千乃の腋は淡い和毛《にこげ》が煙《けぶ》り、何とも濃厚な体臭が馥郁と籠もっていた。

そして美女の温かな匂いに包まれながら、孝太は小刻みに腰を突き動かしはじめてしまった。

「あうう……」

千乃が微《かす》かに眉《まゆ》をひそめて呻いた。

「大丈夫ですか……」

「大事ありません。続けて。それより、口を……」

千乃が言い、下から彼の顔を抱え込んで唇を重ねさせた。

ぴったりと唇が密着すると、柔らかな感触と、かぐわしく甘酸っぱい息の匂いが彼を包み込んだ。

その興奮に、つい腰の動きに勢いが付いてしまった。しかし潤いが充分すぎるほどだから律動《りつどう》は滑らかで、しかもくちゅくちゅと湿った音まで響きはじめた。

「ンンッ……！」

千乃が熱く呻き、彼の口に舌を潜り込ませてきた。孝太も吸い付き、ちろちろと舐め合いながら腰を突き動かし続けた。美女の舌は何とも柔らかく滑らかで、生温かくとろりとした唾液に濡れて美味《おい》しかった。

そして動いているうち、どうにも我慢できなくなってきてしまった。中は温かく心地よく、まさに一物の本来の居場所はここなのだという感じだった。

すると、先に千乃が口を離し、淫らに唾液《だえき》の糸を引きながら顔をのけぞらせた。

「な、なんて気持ちいい……！　孝太、もっと突いて……、ああーッ……！」

声を上ずらせて口走り、狂おしくガクガクと腰を跳ね上げながら、彼の背に爪まで立ててきた。

同時に膣内の収縮も最高潮を迎え、肉棒を奥へ奥へと引き込むような蠢動《しゅんどう》を繰り返した。どうやら本格的に、交接による絶頂を迎えてしまったようだった。

たちまち孝太も、その勢いに巻き込まれるように、続いて激しく身を震わせながら気を遣ってしまった。

「く……！」

突き上がる快感に短く呻きながら、彼はありったけの熱い精汁を、千乃の柔肉の奥に向けてドクドクと勢いよくほとばしらせた。

「アア……、中で、暴れている……、熱いわ。もっと出して……」

噴出を感じ取った千乃が喘ぎ、さらに腰を波打たせては弓なりに身を反り返らせて硬直した。あとは声も出せなくなり、ヒクヒクと断末魔《だんまつま》のような痙攣を繰り返すばかりになった。

孝太も、もう千乃への気遣いも忘れ、ずんずんと股間をぶつけるように動き続け、最後の一滴まで心おきなく出し尽くしてしまった。やはり手すさびとは段違いの快感で、男女が一つになって快感を分かち合うことこそ、最高の喜びなのだと実感したのだった。

ようやく動きを止め、孝太は満足げに力を抜いて、ぐったりと千乃の柔肌に身を預けていった。

「ああ……」

彼女も硬直を解き、小さく声を洩らして四肢の力を抜き、身を投げ出していった。

肉棒をくわえ込んだ膣内が、過ぎ去る快感を惜しむようにキュッと締め付けてくると、孝太も応えるように幹をぴくんと脈打たせた。

そして重なったまま、千乃の熱くかぐわしい息を間近に嗅ぎ、うっとりと快感の余韻に浸り込むのだった……。

第二章　可憐な町娘は既に新造《しんぞ》

一

「まさか情交が、かほどに良いものだとは、生まれて初めて知りました……」

夕餉《ゆうげ》のあと、千乃がしみじみと孝太に言った。

昼間の情交のあと、千乃は先日来の疲れもあったのか、ぐっすりと夕方まで眠ったのである。そして湯に浸《つ》かって汗を流した。

立花屋には内風呂があるが、他家の例に洩《も》れず火事を恐れて滅多《めった》に焚《た》かず、通常は湯屋に通っている。しかし、さすがに大藩の奥方が滞在しているので風呂を沸《わ》かして千乃を入れた。

もちろん世話を焼いたのは孝太ではなく、女中の一人が付き添ったのだった。

そのお相伴《しょうばん》で、孝太も後から風呂を使わせてもらった。

もう暮れ六つ（日没から少し後）を過ぎ、あとは寝るだけだが、昼寝したので千乃は当分目が冴《さ》えているようだ。

そして孝太との情交と快感を思い出し、初めて淫気を湧《わ》き上がらせているようだった。孝太も、彼女が後悔していないことを嬉《うれ》しく思い、自分も激しい期待に股間を熱くしてしまった。

「孝太、お前のおかげです」

「いいえ、これは私の手柄ではなく、そろそろ痛みが取れて感じる時だったのでしょう。殿様には申し訳なく思います」

「それも一理あるのでしょうが、殿は舐《な》めたりしてくれません」

「確かに……。しかしお立場もあるでしょうから、舐めたくても言えず、辛《つら》いところでしょうね……」

孝太は思い、こうした場合だけは自分が百姓町人で良かったと思うのだった。武家は大身《たいしん》であるほど、女の股座《またぐら》に顔など突っ込めないのだろう。もちろん奥方から求めるわけにもいかない。

「いずれ、私は屋敷へ戻ることになりますが、そのおり、何か思案はありませんか」

千乃が、ほんのり頬《ほお》を上気させて言った。そろそろ、話は終わりにして行動に移りたいという兆《きざ》しが見えはじめている。

「はい。殿様を閨《ねや》へお迎えする前に、ご自身が指でオサネをいじっておけば、充分に濡《ぬ》れて準備が整うかと思いますが」

「なるほど、どのように……」

千乃は言い、寝巻きを脱ぎはじめた。

「さあ、お前も脱いで。教えてほしい……」

彼女が甘ったるい声で言い、孝太も手早く寝巻きと下帯を解いて全裸になってしまった。

今宵《こよい》は、一緒に寝ることになるだろう。

母屋でも承知しているのだ。もちろん部屋は別々で、よもや孝太が大名の奥方と何かあるなど考えもしていないだろう。孝太は小柄で、実際の年齢よりずっと幼《おさな》く見えるし、千乃が彼を気に入っているのも、何かと用を言いつけて重宝《ちようほう》しているぐらいに思っているようだった。

やがて千乃が、一糸まとわぬ姿になって仰向けになった。

孝太も、彼女の右側に添《そ》い寝した。残念ながら、ほんのりした湯上がりの香りが感じられ、千乃本来の濃厚な体臭はすっかり薄れてしまっていた。

「どのようにすれば……」

「はい、片方の手でお乳をいじって、もう片方でオサネに触れます」

孝太は、春本で読んだことを参考にして言った。

「こうですか……」

千乃は、左手で自分の乳首をつまみ、右手を股間に伸ばし、指の腹でオサネあたりをゆるやかにこすりはじめた。

「ああ……、確かに心地よく、すぐにも濡れてくる感じがあります……」

千乃が言う。

しかしそれは、隣に孝太がいて、昼間の大きな快感を思い出しているからだろう。

それに、これからも好きなだけ快感を分かち合えるので、その期待が大きいから、すぐに濡れてくるのも当たり前なのだった。

「なるほど、だんだん心地よく……、アア……、孝太……」

「どうか、これから殿様相手に感じたとしても、うっかり孝太などと口走らないでくださいませ」

「ええ、心しておきます……。ねえ、殿を迎える方法は分かりました。だから、あとはお前が……」

千乃は言って股間から指を離し、彼の愛撫を求めるように肌を密着させてきた。

孝太もすっかりその気になり、千乃に腕枕《まくら》してもらうよう胸に顔を寄せていった。

彼は豊かな乳房に顔を埋め、既に勃起している乳首を含《ふく》んで舌で転がした。

「ああ……、いい気持ち……」

千乃が熱く喘《あえ》ぎ、彼の頬を撫《な》でながら、さらに強く膨《ふく》らみに抱きすくめた。

「こっちも……」

千乃は、自分からもう片方の乳首を彼に含ませ、顔中に柔《やわ》らかな膨らみを密着させてきた。孝太は心地よい窒息《ちっそく》感に噎《む》せ返りながら、湯上がりの匂《にお》いに含まれる、彼女の甘い体臭を感じ取った。

左右の乳首を充分に舐め回すと、やがて千乃が真上からのしかかってきた。

唇が重なり、千乃の舌が自分からヌルッと伸《の》ばされ、彼の口の中を隅々まで舐め回してきた。

孝太はうっとりと彼女の舌を吸い、注がれる唾液で喉《のど》を潤《うるお》し、かぐわしく甘酸っぱい息の匂いに酔いしれた。千乃も夢中になって舌をからめ、さらに愛《いと》しげに彼の唇から鼻の穴まで舐め回してくれた。

「ああ……」

孝太は、息と唾液《だえき》の匂いに包まれ、生温かな唾液に顔中まみれながら喘いだ。

「何やら、犬にでもなったようです。顔を舐められて、嫌ではないですか……」

「嫌じゃありません。何しろ、お口がかぐわしくて……」

「自然《じねん》の匂いでしょうか。何も含んでいないのですよ」

千乃が言い、さらに彼の鼻筋から瞼《まぶた》、頬までぬらぬらと舌を這《は》わせてくれた。

そして彼女は、まるで本当に犬のように、舌で未知のものを探って耳朶《みみたぶ》から首筋まで舐め下りていった。

「ああッ……！」

乳首を舐められ、孝太は思わず声を洩らした。男でも、これだけ感じるのだなと思い、一物以外に感じる部分が発見されて嬉しかった。

「気持ち良いのですか」

「ええ、とても……」

「ならばこれは？」

千乃が、軽く彼の乳首に歯を立ててきた。あるいは、自分がしてもらいたいことを試しているのかも知れない。

「アア……、もっと強く……」

孝太が身悶《みもだ》えながら言うと、千乃は熱い息で肌をくすぐりながら、さらにきゅっと力を込めてくれた。美しくも淑《しと》やかな奥方が、甘美な痛みを与えてくれるというのが何とも激しい快感となった。

千乃は、彼が感じて悶えるのが楽しく嬉しいのか、もう片方の乳首も念入りに舐め回し、嚙《か》んでくれた。さらに滑らかな舌で肌を舐め下り、とうとう彼の股間に熱い息を吐きかけてきた。

「これが、私を心地よくさせたのですね……」

近々と熱い視線を注ぎながら彼女は囁《ささや》き、やんわりと幹《みき》を手のひらで包み込んできた。そしてふぐりを探り、優しく袋を撫で、さらに張りつめた亀頭にも指を這わせてきた。

「本当に、おかしな形……。この袋で精汁を作っているのですね……。確かに、このように太く硬いものが入れば、痛いわけです。しかし今は、これが何やら愛しく思えます……」

千乃は弄《もてあそ》び、さらに顔を迫《せま》らせてきた。

「お前も口でしてくれました。きっと、舐めればお前もたいそう心地よくなるのでしょう」

「い、いけません……。もし精汁を放ち、お口を汚しでもしたら……」

「構いません。そう、むしろ陰戸からだけでなく、口からも取り入れてみたい」

千乃は言い、とうとう先端にヌラリと舌を這わせてきてしまった。

「あう……！」

孝太は、あまりの快感に奥歯を嚙みしめて呻《うめ》き、全身を強《こわ》ばらせて暴発を堪《こら》えた。

しかし千乃は構わず、ちろちろと鈴口を舐め、滲《にじ》む粘液をすすり、さらに亀頭全体にしゃぶりついてきた。

熱い息が恥毛をそよがせ、喉の奥まで含まれると、温かく濡れた口の中で一物がヒクヒクと震《ふる》えた。上品な口が幹を丸く締め付け、内部ではくちゅくちゅと舌が蠢《うごめ》き、たちまち肉棒全体は奥方の清らかな唾液にどっぷりと浸った。しかも唇がもぐもぐと幹を締め付け、溢《あふ》れる唾液をすするたびに亀頭が強く吸われた。

「い、いけない、千乃様……、アアッ……！」

いくら我慢しても、もう限界だった。孝太は喘ぎながら、とうとう大きな絶頂の荒波に呑み込まれてしまった。

千乃の口を汚してはいけないと思いつつ、有り余る精汁は勢いよく彼女の喉の奥へどくどくとほとばしった。

「ンン……」

千乃は喉を直撃されて小さく呻き、それでも口を離さず、唇と舌による強烈な愛撫と、濃厚な吸引を止めなかった。

孝太は腰をよじらせながら、最後の一滴まで出し、快感よりも畏《おそ》れ多さの中で息を弾《はず》ませた。

そして彼がグッタリと身を投げ出すと、千乃は亀頭を含んだまま、口に溜《た》まったものを喉に流し込んでいった。喉がゴクリと鳴るたび、口の中がキュッと締まって駄目《だめ》押しの快感が得られた。

(ああ……、本当に、飲んでいる……)

孝太は過敏に反応して一物を震わせながら、感激と恐怖に身悶えた。このことが小田浜藩の家臣にでも知られたら、すぐさま彼は斬《き》り捨てられるだろう。

ようやく飲み干《ほ》した千乃が顔を上げても、孝太は精根《せいこん》尽き果てたように力が脱《ぬ》け、彼女の反応を見る余裕すらなくなっていたのだった。

二

「あの、どうしても千乃様が、雪江さんとお話しがしたいと……。昨日の今日で申し訳ないのですが……」

　藤乃屋へ行った孝太は、済まなそうに雪江に言った。

　昨夜は、精汁を飲まれてからしばし呆然としてしまったが、何しろ千乃が情交を求め、もう一回本手（正常位）で行なった。

　だから孝太は、昼間二回、夜二回射精したのだが、もちろん一晩寝れば元気になった。手すさびでさえ五回抜くこともあったのだし、まして生身の美女がいれば、もっと多く射精することも出来るだろう。

　そして今日、千乃はどうしても雪江を呼んでくれと言い、こうして孝太は出向いてきたのだった。

　幸い、藤兵衛は他出中で、雪江が店番をしていた。

「はい、構いません。では伺います」

　雪江は快《こころよ》く笑顔で言ってくれ、孝太はほっとした。やがて彼女は、他の奉公人に店番を言いつけ、彼と一緒に立花屋へと向かった。

　例によって前後に離れて歩き、孝太は可憐な雪江の肉体にあれこれ思いを馳《は》せてしまった。

　やはり千乃の身体で女のことを知ってしまうと、妄想も現実味を帯びてきた。

雪江の陰戸も、千乃のようにかぐわしい匂いがして、オサネを舐めると淫水が溢れてくるのだろう。千乃と同じような形をしているのか、それとも無垢《むく》な美少女はもっと幼いものなのか、どうしても想像が膨《ふく》らんでしまった。

やがて裏路地から木戸を抜け、直《じか》に離れへ入った。この方が、いちいち母屋に見られないで済むからだ。

「いきなり呼び出して申し訳なく思います」

座敷に入ると、雪江を迎えた千乃が言った。床《とこ》は敷き延《の》べたままである。

「いいえ、構いません。何かお話でしょうか」

雪江も、全く迷惑そうな顔は見せず、にこやかに答えた。

「実は、私の気鬱《きうつ》が殿との情交にあることは聞き及んでいましょうか」

「い、いいえ……」

千乃の言葉に、やや戸惑《とまど》いを見せながら雪江が答えた。

孝太も、千乃が追い出そうとはしないので、ここで一緒に聞いていて構わないのだろう。

「とにかく、男女の営みのことは私も承知しております。しかし、自分のことが良く分かりません。女の身体がどのようになっているものか、差し支えなければ雪江さんに見せていただきたいのです」

「え……、その、裸をですか……」

「ええ、陰戸がどのようなものか知りたいのです。どうか、この通りです」

千乃が、雪江に向かって手を突いた。

「そ、そんな……、どうかお手を……」

雪江は激しくうろたえ、どうして良いか分からないようだった。

「ならば、願いを聞いていただけましょうか。どうにも見てみたく、また孝太にも一緒に見て欲しいのです。恥ずかしい気持ちは重々承知ですが、どうか」

千乃が言うと、雪江は困ったように彼女と孝太を見た。

孝太もまた、千乃がそのような目的で雪江を呼んだことに驚いて、目を丸くしていた。そんな様子で雪江も、孝太が承知で自分を呼んだのではないと納得してくれたようだ。

「わ、わかりました……。気鬱を治すためでしたら……、では、絶対に内緒のこととして……」

「はい。私の方こそ、内密でなければ困ります」

千乃が言い、とうとう雪江も応じてくれることになった。

孝太は、三人では淫らなことにもならぬと思い、好きな雪江の顔を見るだけで満足し、他は期待すまいと思っていたのだが、どうやら思いも寄らない展開になってしまった。

図らずも、雪江の陰戸が見られるのだ。

出来れば孝太は、雪江とは自分の力で、二人きりのときめきの機会を持ちたかったのだが、かえってこの方が手っ取り早くて良いかも知れない。千乃がお膳立《ぜんだ》てをしてくれれば、今後もすんなり進展するだろう。

やがて雪江は緊張に頰を強ばらせながら立ち上がり、微かに指を震わせながら帯を解きはじめた。

孝太も、じっと見つめては悪いと思いつつ、雪江の一挙一動に目を凝《こ》らしてしまった。やがて、しゅるしゅると帯を解き、着物を脱いだ。

雪江は足袋《たび》は履《は》かず素足で、さらにもじもじと恥じらいながら腰巻も解き放った。残るは半襦袢《じゅばん》だけである。彼女は股間を隠し、身を縮《ちぢ》めながら布団に仰向けになっていった。

すると千乃が、その下半身へと移動し、孝太を呼んで一緒に大股開きにさせた。

「ああッ……！」

雪江が声を上げ、それでも観念したようにぐんにゃりと力を抜いてしまった。

千乃が腹這いになって顔を進めるので、孝太も彼女と頰を突き合わせるように雪江の陰戸に迫っていった。

内腿は白く滑らかで、中心部からは悩ましい芳香《ほうこう》が漂っていた。

ぷっくりした丘には、楚々《そそ》とした若草が恥ずかしげに煙《けむ》り、丸みを帯びた割れ目が何とも可愛《かわい》らしかった。僅かに桃色の花びらがはみ出しているが、もちろんまだ潤いは認められない。

「孝太、私のもこのようですか……？」

千乃が囁いた。

「ええ、ほぼ同じように美しく初々《ういうい》しいです」

彼は、雪江の体臭と千乃の甘酸っぱい吐息を感じ、激しく勃起しながら答えた。

すると千乃が、そっと指を当てて雪江の陰唇を左右に広げた。

「く……！」

触れられ、雪江が小さく息を呑み、両手で顔を覆《おお》いながらじっと耐えていた。

陰唇が開かれると、中身が見えた。細かな襞《ひだ》に囲まれた膣口と、小さな尿口、そして小粒のオサネも、包皮の下から光沢ある顔を覗《のぞ》かせていた。

「中も、私と同じようですか……」

千乃が、徐々に息を弾ませ、頬を上気させながら言った。

「はい、千乃様もこのように綺麗《きれい》な色です」

孝太が答えると、千乃は指先でそっと包皮をめくり、小さなオサネを露出《ろしゅつ》させ、さらに指の腹で突起をいじった。

「アアッ……！　ち、千乃様……、どうか……」

「やはり気持ち良いのですか？」

「は、はい……、でも、恥ずかしくて……」

雪江が張りつめた下腹を波打たせ、腰をよじりながら喘いだ。

「ね、孝太。私と同じかどうか、味も見てみて」

千乃が言い、孝太は激しく胸を高鳴らせながら顔を進めた。

柔らかな若草に鼻を埋め込むと、やはり甘ったるい汗の匂いと、ゆばりの刺激成分が鼻腔を掻《か》き回してきた。千乃の体臭に似ているが、さらに赤ん坊のように可愛く幼い感じの匂いがした。

舌を這わせると、張りのある陰唇の内側は滑らかで、膣口に入り組む襞の舌触りが心地よかった。

「ああッ……、こ、孝太さん……！」

オサネを舐め上げると、雪江が顔をのけぞらせて口走り、少しもじっとしていられないように身悶えはじめた。

そして舌先をオサネに集中させて、ちろちろと小刻みに舐めてから割れ目内部を探ると、いつしかネットリとした淡い酸味の蜜汁が溢れはじめてきた。

いったん濡れはじめると、雪江は羞恥より快感の方が大きくなってきたようだ。

「私と似ていますか。どれ、どのような味と匂いが……」

千乃が言い、彼の顔をどかせると、自分も少しだけ顔を埋めて嗅《か》ぎ、舌を這わせはじめた。

「あう！　い、いけません、千乃様……」

さすがに女同士で、しかも高貴な武家の奥方に舐められるとなると、雪江の反応も激しくなった。

しかし千乃はためらいなく雪江の陰戸を舐め、すぐに顔を上げた。

「嫌な味や匂いではないです。やはり、指より舌の方が心地よいのですね」

千乃は言い、また孝太に雪江の陰戸を舐めさせ、彼女はいったん身を起こして、すっかり興奮と淫気が高まったように自分も着物を脱ぎはじめた。

その間、孝太は再び美少女の陰戸を舐め、溢れる蜜汁をすすり、さらに脚を浮かせて形良い尻の谷間にも鼻を押しつけていった。

可憐な薄桃色の蕾には、秘めやかな微香が籠《こ》もり、彼は舌先でくすぐるように舐め回し、細かな襞が唾液に濡れると、内部にもぬるっと押し込んで滑らかな粘膜まで味わった。

「あうう……、駄目よ、汚いわ。孝太さん……」

雪江が肛門《こうもん》を引き締めながら喘ぎ、さらに陰戸からは熱い蜜汁を湧き出させた。

三

「さあ、これも脱ぎましょう……」

先に一糸まとわぬ姿になった千乃が言い、雪江の半襦袢も引き脱がせて、二人とも全裸になってしまった。

「孝太、お前も身軽になって。そして、二人をそれぞれ比べて……」

千乃が言い、二人は並んで仰向けになった。

言われて、雪江の股間から顔を上げた孝太は、手早く帯を解いて着物と下帯を取り去り、全裸になってから、あらためて二人を見下ろした。

十七歳の雪江は、あまりの緊張と羞恥《しゅうち》、幼い快感にぐったりと横たわり、十九歳の奥方である千乃も、滑らかな肌を惜しみなくさらして四肢を投げ出していた。

どちらも、とびきり美しい女たちだ。それが二人も、一糸まとわぬ姿で彼の前に肉体を晒《さら》している。

孝太は、激しい興奮の中で、まずは千乃の爪先に屈《かが》み込んでいった。指の股に鼻を割り込ませ、蒸《む》れた芳香を嗅ぎ、足裏を舐め回してから爪先にしゃぶりついた。

「アア……、そこから、比べるの……？」

千乃がうっとりと息を弾《はず》ませて言い、彼の口の中で指先を縮め、彼の舌を挟《はさ》み付けてきた。

孝太は両足とも充分に舐め回し、味と匂いを堪能した。そして隣の雪江の足裏も舐め、同じように指の股の匂いを嗅いだ。足袋を履いていない雪江は、さらに指の間がじっとりと汗と脂《あぶら》に生温かく湿り、千乃より多く動き回っているぶん悩ましい匂いが濃くて、その刺激に孝太は激しく高まった。

彼は雪江の可愛い指の間に鼻を埋め込み、うっすらと酸味を含んだような芳香を存分に嗅いでから、足裏と爪先を舐め回した。

「あう……！　駄目、孝太さん……」

指の股にぬるっと舌を潜り込ませると、雪江が目を閉じたままビクッと足を震わせて言った。

その足首を押さえつけ、彼は念入りに全ての指を吸い、ほんのりしょっぱい味が消え去るまで賞味した。そして両足とも堪能《たんのう》してから、彼は今度は千乃の脚の内側を舐め上げ、股間に顔を迫らせていった。

千乃も、回を重ねるごとに淫水の量は多くなり、今日も無垢な雪江を弄んでいるから、いつになく潤いは大洪水になっていた。

孝太は千乃の内腿を舐めてから、柔らかな茂みに鼻を埋め込んだ。

汗の匂いが甘ったるく籠もり、ゆばりの匂いも混じりながら鼻腔が刺激された。舌を這わせ、とろりとした蜜汁を舐め取りながら柔肉と襞を掻き回し、突き立ったオサネまで舐め上げていくと、

「ああッ……！」

千乃が熱く喘ぎ、隣に寝ている雪江の顔を思わずぎゅっと胸に抱きすくめた。

孝太は溢れる蜜汁をすすり、濃厚な女臭に噎せ返りながら激しく舌を蠢かせた。

そしてオサネにも吸い付き、もちろん脚を浮かせ、秘めやかな匂いの籠もる尻の谷間と蕾も念入りに舐め、充分に味わってからオサネへと戻っていった。

「アア……、雪江……、お乳を吸って……」

千乃は我を忘れるほど息を弾ませて身悶え、胸に抱いた雪江の口に乳首を押しつけて喘いだ。

雪江も、すっかり妖しい雰囲気に呑まれたように、素直に吸い付いたようだ。

彼は執拗に千乃のオサネを舐め回しながら、隣にいる雪江の陰戸にも手を伸ばし、オサネを探った。

「ンンッ……！」

雪江も呻き、乳首を吸いながら千乃の胸にしがみついた。

やがて孝太は、二人の陰戸を交互に舐め、さらに柔肌をたどりながら、腹から胸へと移動していった。

雪江と一緒に、千乃の両の乳首に吸い付くと、奥方の甘ったるい体臭が馥郁《ふくいく》と感じられ、顔中に柔らかな膨らみが密着した。

孝太は充分に舌で転がしてから、千乃の腋《わき》の下にも顔を埋めて濃厚な汗の匂いと、楚々とした腋毛の感触を味わった。そして雪江の胸にも移動し、柔らかさと張りのある若々しい膨らみに顔を押し当てた。

乳首も乳輪も実に初々しい桜色で、雪江の胸元と腋からも、甘ったるい乳にも似た汗の匂いが悩ましく漂ってきていた。

孝太が雪江の乳首を舌で転がすと、彼女はさらに夢中になって千乃の乳首に吸い付いた。彼は美少女の左右の乳首を交互に舐め、肌の弾力を味わい、さらにジットリ汗ばんだ腋の下にも顔を埋め、可愛らしい体臭で鼻腔《びこう》を満たした。淡い腋毛も実に愛らしく、優しく鼻をくすぐってきた。

「アア……、今度は私たちの番……」

やがて千乃が言って身を起こし、真ん中に孝太を仰向けにさせた。

そして雪江も千乃に誘われ、一緒になって彼の股間へと顔を寄せてきた。

孝太は身を投げ出し、二人の熱い視線と吐息を快感の中心部に受け、激しく胸を震わせた。

一人が相手でも大きな緊張と悦《よろこ》びなのに、二人がかりなのだ。

「さあ、二人で可愛がってあげましょうね。先にここから……」

千乃は、無垢な雪江に教えるように言い、大股開きにさせた孝太の股間に、彼女と一緒に顔を寄せてきた。そして、まずは緊張に縮こまったふぐりに口を押し当て、ぬらりと舌を這わせてきたのだ。

雪江も厭《いと》わず、同じように舌を伸ばし、二つの睾丸《こうがん》がそれぞれ二人の舌に心地よく転がされた。

「ああ……」

孝太は内腿を震わせて喘ぎ、袋を舐められただけで、今にも漏《も》らしそうなほど絶頂を迫らせてしまった。

二人は女同士で頬をくっつけ合い、互いの舌が触れ合うのも構わずふぐりをしゃぶり、混じり合った息と唾液で彼を高まらせた。さらに千乃が彼の脚を浮かせ、何と肛門にまで舌を這わせてくれたのである。

何度も自分がされるうち、これも必ず行なうものと思い込みはじめたようだった。

武家の奥方の舌先が、ちろちろと肛門に這い回り、続いて可憐な町娘の舌も触れてきた。

何という贅沢《ぜいたく》な快感だろう。最も美しい武家の妻女と町娘の、両方の舌を肛門で味わっているのである。

さらに浅くぬるっと潜り込むと、孝太は思わず柔らかな舌先を締め付けた。

二人は交互に舌を差し入れ、やがて彼の脚を下ろして一物に迫ってきた。

千乃が、幹《みき》を舐めながら雪江の顔も抱き寄せた。すると雪代も同じように、顔を傾けて側面に舌を這わせてきた。そして二人はチロチロと舐め上げながら、同時に張りつめた亀頭に達した。

「ああッ……！」

孝太は、あまりの快感に声を上げ、強ばった全身を震わせた。

二人は交互に、舌先で鈴口を舐め、滲《にじ》む粘液をすすった。混じり合った熱い息が股間に籠もり、亀頭全体が美女たちの唾液に温かくまみれた。

舐めてもらっているというより、女同士の口吸いの間に一物が割り込んだようだ。

さらに千乃が手本を示すように亀頭を含み、喉の奥まで呑み込んだ。

そして内部で舌を蠢かせながら、上気した頬をすぼめて吸い付き、すぽんと引き抜いた。

今度は雪江が同じように呑み込み、二人は交互に肉棒をしゃぶっては強く吸い付いてきた。

孝太は、もうどちらの口の中に含まれているのか分からないほど興奮と混乱に我を忘れ、必死に肛門を締め付けて暴発を堪えていた。

口の中の温もりや感触、舌の蠢《うごめ》きはそれぞれ微妙に異なり、その違いがまた興奮を高めた。それぞれの口の中で一物は混じり合った唾液に浸ってヒクヒクと震え、とうとう彼は溶けてしまいそうな絶頂に達してしまった。

「あうう……！　い、いけません。出る……、アアーッ……！」

孝太は口走り、腰をよじらせて気を遣《や》った。そして熱い大量の精汁を、どくんどくんと勢いよくほとばしらせてしまった。

「ンン……」

ちょうど、含んでいたのが千乃だった。彼女は鼻を鳴らして第一撃を受け止めて飲み込み、すぐ口を離して続きを雪江に含ませた。

雪江も熱い息を弾ませながら吸ってくれ、孝太は無垢な美処女の口に、心おきなく最後の一滴まで出し尽くした。

「ああ……」

彼は喘ぎ、激情が過ぎるとぐったりと力を抜いて身を投げ出した。

雪江も、千乃に倣って全て飲み干し、口を離した。そして二人で、なおも濡れた鈴口をチロチロと舐めて清めてくれ、余りの精汁を全てすすってくれた。

「く……！」

余韻を味わう余裕もなく、彼はその刺激に息を詰めて呻き、射精直後の亀頭をひくひくと過敏に反応させた。

やがて綺麗に舐め取ってから、二人は顔を上げ、再び彼を挟むように左右から添い寝し、柔肌を密着させてきた。

四

「孝太はね、噛まれるのが好きなの。二人で食べてしまいましょうね……」

千乃が囁き、すっかりぼうっとなっている雪江を引き寄せ、二人で同時に孝太の両の乳首に吸い付いてきた。

熱い息は肌をくすぐり、それぞれのヌメリある舌がぬらりと乳首に触れてきた。そして二人は興奮に突き立った小さな乳首に、そっと歯を立ててきた。

「あう……！」

甘美な刺激が、胸から股間へと伝わり、孝太は喘ぎながら急激にむくむくと回復していった。

千乃は彼の右の乳首に強く噛みつき、雪江は左を控えめに噛んだ。その非対称の加減が、また大きな興奮となって彼は身をよじった。

そして充分に彼の両の乳首を愛撫すると、二人は首筋を舐め上げ、左右の耳に吸い付いてきた。

首筋も、乳首と同じぐらい感じることが分かり、新鮮な発見だった。

二人は申し合わせたように彼の耳朶を吸い、歯を立て、耳の穴にも舌先を潜り込ませてきた。聞こえるのは、くちゅくちゅと舌の蠢く音だけで、まるで彼は頭の中まで舐められているような気分になった。

そして千乃が移動し、彼の右頬を舐めると、雪江も左頬に舌を這わせ、二人は徐々に彼の唇を求めてきた。

「ンン……」

三人が同時に唇を重ねると、千乃が熱く呻き、舌を割り込ませてきた。すると雪江も嫌がらず、ぬるりと愛らしい舌を潜り込ませてくれた。

混じり合った息が、何ともかぐわしく彼の鼻腔を刺激した。千乃の甘酸っぱい息に加え、雪江も新鮮な果実臭をさせ、それぞれの芳香が胸に染み渡ってきた。

三人が鼻を突き合わせると、息の湿り気に顔中が濡れてくるようだった。

孝太は、競い合うように潜り込んだ二人の舌を舐め、混じり合って滴《したた》ってくる生温かな唾液で喉を潤した。

舌のヌメリや感触も、それぞれ微妙に違っていた。

そして彼は二人の唾液と吐息に酔いしれながら、すっかり元の大きさを取り戻し、さっき射精したことなど忘れたかのように激しく高まってきた。

さらに二人は、彼の鼻の穴を同時に舐めてくれ、瞼や鼻筋にも舌を這わせてきた。

たちまち孝太の顔中は清らかな唾液でぬるぬるにまみれ、美女たちの甘酸っぱい芳香に包まれた。

「すごい、こんなに大きく……」

千乃が気づき、彼の一物に触れてきた。

「ね、お願い。雪江、入れてみて……。どうしても、どのように入っていくのか見てみたいの……」

千乃が言い、驚いて顔を上げた雪江より、聞いていた孝太の方が驚いた。

ここで、雪江の初物を散らしてしまって良いのだろうか。いや、一緒になりたいのだから、切っ掛けがどうあれ、これが運命なら甘受したかった。

「もし、どうしても嫌だったら諦《あきら》めるけれど……」

「いいえ、大丈夫です……」

雪江が答え、孝太は身構えるように気持ちを引き締めた。

まさか、雪江との初体験が、第三者の前で行なわれるとは夢にも思っていなかったが、今は彼女と一つになれる期待の方が大きかった。

「そう、嬉しい。じゃ、茶臼《ちゃうす》（女上位）というのをしてみて欲しいの。その方が、よく見えそうだから」

千乃が言う。

すると雪江が身を起こし、既に屹立している肉棒を見下ろした。千乃が屈み込んで再び一物を含み、たっぷりと唾液で濡らしてくれた。

そして千乃は、雪江の手を引いて支えながら、彼の股間に跨《また》がらせた。さらに甲斐《かい》甲斐《がい》しく幹に指を添え、先端を、蜜汁にまみれた陰戸に導き、あてがってやった。

やがて雪江が息を詰め、ゆっくりと腰を沈み込ませてきた。

孝太の上で、彼女が眉をひそめ、奥歯を噛みしめて頬を強ばらせながら、彼の一物を受け入れていった。

「入っていく……」

二人の接点を覗き込み、千乃が小さく言った。

たちまち屹立した肉棒は、ぬるぬるっと滑らかに狭い柔肉の奥へと吸い込まれ、やがて完全に雪江が座り込み、股間が密着した。

「あぁッ……！」

雪江が声を上げ、顔をのけぞらせた。

さすがにきつく、実に締まりが良かった。そして熱いほどの温《ぬく》もりが一物を包み込んだ。

孝太は、挿入時の肉襞による摩擦快感だけで、危うく果てそうになるのを必死に堪えた。さっき二人の口に出していなかったら、とうに気を遣って漏らしていたことだろう。

「すごい、根元まで入ったわ……」

千乃が覗き込み、嘆息《たんそく》した。

雪江が、きゅっときつく締め付けながら身を重ねてきた。それを孝太が抱き留め、温もりと感触を味わいながら、徐々に股間を突き上げはじめた。

「ああ……」

雪江が熱く喘ぎ、彼の胸に乳房を密着させながら懸命に身を強ばらせた。

しかし何しろ潤いが豊富なので、動きはすぐにも滑らかになり、孝太も快感に任せて勢いをつけて律動してしまった。

孝太の顔のすぐ上で、雪江が可憐な顔を喘がせ、愛らしい口を開いていた。孝太は甘酸っぱい果実臭の息を嗅ぎ、激しく高まった。さっきのように千乃と混じり合った匂いではなく、今は純粋に雪江だけの吐息だ。

その可愛らしくも悩ましい匂いが鼻腔に満ちると、もう我慢できなくなり、彼は激しく股間を突き上げ、艶かしい摩擦に絶頂を迎えてしまった。

「い、いく……、アアッ……！」

彼は口走り、ずんずんと突き上げながら、ありったけの熱い精汁を勢いよく内部にほとばしらせた。

「く……！」

雪江も呻き、必死にしがみつきながら無意識に腰を動かし、締め付けながら最後の一滴まで搾《しぼ》り取ってくれた。

孝太は全て出し切り、徐々に動きを弱めて、雪江の重みと温もりを感じた。そしてかぐわしい息を間近に感じながら、うっとりと快感の余韻に浸り込んだ。

こんなに親密になれば、次からは二人で会っても良い感じに進展してゆくだろうと思った。

「ああ……」

完全に腰の動きが止まると、雪江も溜息《ためいき》混じりに小さく声を洩らし、ぐったりと彼に体重を預けてきた。汗ばんだ肌が密着し、あとは互いに荒い呼吸が交錯《こうさく》するばかりだった。

千乃も、全て見届けて太い息を吐いた。

やがて呼吸が整うと、雪江はそろそろと股間を引き離し、孝太の隣にごろりと横になった。

千乃が彼女の股間を覗き込み、懐紙で割れ目を拭《ぬぐ》ってやった。

「ごめんなさいね。初めてなら、二人きりでしたかったでしょうけれど、どうしても見たかったの。でも、二人が一緒になる上で、私に出来ることがあれば、何でもするつもりです。でも、血は出ていないのね……」

「あ、あの……」

千乃の言葉に、雪江が言った。

「何か、勘違いなさっているようです……。私は、生娘《きむすめ》ではありません。私は藤乃屋藤兵衛の女房なのですが……」

「ええッ……！」

雪江の言葉に驚き、孝太は声を上げて跳《と》び起きた。

「そ、そんな……、本当なの……？」

千乃も驚き、目を見開いてまじまじと雪江を見つめて言った。

「はい。まだ内々の祝言だけで、おっかさんの喪《も》が明けないからお歯黒も塗《ぬ》っていませんが……」

雪江も身を起こし、きちんと座って説明した。

今の当主である藤兵衛は、もと奉公人で二十九歳。一回り年下の雪江とは、幼い頃からの許嫁《いいなずけ》だったようだ。

そして今年、雪江の母親が病死し、それを機に今までの摺師の生業《なりわい》から、憧《あこが》れだった書店を開いて祝言を挙げた。

祝言と言っても身内だけで行ない、また新装開店により雪江を看板娘にしたいという意向から、眉も剃《そ》らずお歯黒も付けなかったようだ。そして喪が明けたら、近所の人を呼んで正式な披露目《ひろめ》をし、そこで初めて雪江もお歯黒を塗るつもりだったようだが、既に藤兵衛とは夫婦の生活をしているのである。

「そ、そうだったのか……。てっきり私は、年の離れた兄さんとばかり……」

「ごめんなさい、孝太さん。最初にちゃんとお話ししなくて……」

孝太の言葉に、雪江が済まなそうに言う。しかし、新造とはいえまだ十七で、彼の微妙な心の傾《かたむ》きなど気づかなかったのだろう。

孝太は目の前が真っ暗になり、胸に穴が開いたような気持ちになった。

しかし、そうなると、既に人の妻と交わってしまったことになる。

千乃もそうだが、自分には、そうした星があるのではないかと、孝太は悲しみの中でぼんやりと思った。

五

「大丈夫？　孝太さん。元気を出してください……」

歩きながら、市ヶ谷まで送っている孝太の方を雪江が慰《なぐさ》めてくれた。

「ええ……、済みません。私は、初めて会った時から雪江さんと所帯を持ちたいと、そればかり勝手に思ってしまっていたものですから……」

「ごめんなさい。本当に……」

雪江は、千乃に裸になれと言われたとき以上に困った顔をして言った。

「でも、正式な披露目がまだなら、夫婦になるのを取りやめることは出来ませんか」

「無理です。小さい頃から藤介《とうすけ》さん、ううん、うちの人と一緒になると決めていたから……」

藤兵衛は、店を継《つ》ぐ代々の名で、元は藤介という名らしい。

「でも、そんなに長く同じ屋根の下で暮らしていたのでは、夫婦と言うより兄妹のようでは……?」

孝太は、未練《みれん》がましく言った。

「ええ、確かに兄のようでもあります」

雪江は答えたが、やはり横槍《よこやり》は無理なようだ。いかに兄妹のようであっても、夫婦は夫婦なのである。

しかし考えてみれば、孝太が雪江を見初《みそ》めてから、まだ二日三日しか経《た》っていないのである。だが、あまりに急激な燃え上がり方をしてしまったので、こうなったら、もう二日三日前の自分には戻りようがないのだった。

「では、ご亭主がいるのに私と交わったことを、悔《く》やんでいるでしょうね……」

孝太は、周囲に誰も通らないことを慮《おもんぱか》りながら言った。

千乃も、それを済まなく思っているようだ。雪江が新造と知っていたら、おそらく淫らな行為はさせなかっただろう。もっとも、だからといって生娘なら良いかというと別問題であるが。

「いいえ、千乃様とは御縁があってお知り合いになったと思っておりますので、その気鬱を治す手助けであれば、悔やんではおりません」

雪江が、孝太などよりずっと明るい顔で言った。千乃のためばかりでなく、可愛らしい顔をしているが、やはりどこかで情交を好み、淫気が強いのかも知れないと孝太は思った。

「では、ご新造の身でも、また私と……」

「さあ、そうした巡り合わせであれば、また……」

雪江は曖昧《あいまい》に答えたが、固く拒《こば》んではいないようだった。

やがて市ヶ谷に着き、藤乃屋が見えてきた。

「では、ここで……。もしまた千乃様が私をお呼びでしたら、いつでもご遠慮なく」

「はい。有難うございます」

雪江が辞儀《じぎ》をして言うので、孝太も彼女の残り香《が》を感じながら見送った。

これで別れではないのだ。一緒にはなれないが、顔を見たり、あるいはまた肌を合わせることがあるかも知れない。そう思い、孝太は元気を出そうと気持ちを引き締めながら、雪江が店に入っていくのを見届けた。

と、その店から、彼女と入れ代わりに結城玄庵が出てきたのだ。

立花屋へ戻ろうとした孝太が立ち止まって頭を下げると、玄庵も気づいてこちらに駆け寄ってきた。

「おお、いま戻った雪江ちゃんと一緒だったのか」

「はい、送ってきたところです」

「そうか、儂《わし》は藤乃屋で医書を見ていたのだ。千乃様の様子も診《み》たいので、一緒に行こうか」

玄庵は気さくに言い、一緒に歩きはじめた。

「うん？　元気がないな。どうした。千乃様が困らせているか？」

「いいえ……」

言われて孝太は答え、玄庵に話してしまおうと思った。雪江のことも、ひいては千乃の治療に必要かも知れないからだ。

「実は、雪江さんが新造と知って、がっかりしたところです」

「なに、そうか。惚《ほ》れていたのか。ううむ、それは気の毒になあ」

笑い飛ばすかと思ったが、玄庵は神妙な顔で言ってくれた。

「確かに雪江ちゃんは幼顔《おさながお》で、まだ十七だ。嫁入り前の生娘と思うのも無理はない。だが諦めろ。小僧の頃から知っているが、藤兵衛は良い人間だ」

「はあ……」

「でも、そんなに所帯を持ちたいかなあ。一人で気ままに生きて、人の妻を抱いている方が気楽だろうに」

玄庵が言い、孝太は驚いて彼の方を見た。そんな考え方の持ち主に、初めて会ったのである。

「玄庵先生は、そうしなかったのですか」

「儂は、これでも主持ちの士分だからな、娶《めと》らねばならぬ柵《しがらみ》があった。離縁が許されるなら、いや、断わる権利があれば、最初から所帯など持たなかった」

どうやら、あまり奥方のことが好きではないようだ。

「だが、お前は町人だ。女房を持とうと持つまいと、股座に顔を突っ込もうと好きな女のゆばりを飲もうと、自由気ままだ」

「ゆ、ゆばりは飲めるのですか……」

「当たり前だ。戦場で喉が渇《かわ》けば、そうしたものを飲んで力を蓄《たくわ》えたのだ。もっとも男や自分のを飲むのはおかしい。美しい女の出したものを飲みたいなあ」

玄庵は、坊主頭を撫でながら言った。

そうか、世の中にはそんな楽しみ方もあるのか。確かに、美女のゆばりなら飲んでも良い、と孝太は思い、次第に雪江の衝撃を心の片隅に追いやり、少しずつ元気を取り戻してきた。

と、富士見町へ向かっている途中で、九つ（正午）の鐘が鳴った。

「そこで蕎麦《そば》でも食おう」

玄庵が言い、孝太は一緒に蕎麦屋へ立ち寄った。

孝太の外出のことは母屋に言っておいたから、千乃の昼餉は誰かが運ぶだろう。

玄庵は、昼間から軽く一杯酒を飲み、蕎麦を食った。ここは夕刻からは居酒屋になる店らしい。昼時だが空いていて、他に客はいなかった。

孝太は食い終えて茶を飲み、玄庵に金を払ってもらって、また店を出て一緒に歩きはじめた。

今日も秋晴れで、空が高い。富士見町と言うだけあり、やや小高い場所にあるので西の彼方《かなた》の富士が霞《かす》んで見えていた。既に亡い二親《ふたおや》と住んでいた上総の山間《やまあい》の村からは富士が見えず、江戸に出て、その姿を見たときの感動が、昨日のことのように思い出された。

「ときに、千乃様とは、もうしたか」

玄庵が、唐突《とうとつ》に訊いてきた。

「は、はい……」

孝太も、正直に答えた。

「そうか、どのような感じだ。詳しく言ってくれ」

「はあ……、いきなり最初の交接で、千乃様は気を遣ってしまったようでした。でもそれは、私の手柄ではなく……」

「ああ、分かっておる。ちょうど、そのような時期だったのだ。それから」

玄庵も、それぐらい承知していたようだった。

「たいそう大胆《だいたん》に私を求められ、しかも今日は雪江さんと三人で……」

「そうか、やはり……。雪江ちゃんがお前に送られて帰ってきたから、あるいはと思ったのだが、もうそのような楽しみを覚えたか……」

玄庵は、驚きもせずに言った。相当に男女のことには詳しく、少々のことを聞いても、全て予想の範囲内なのだろう。

「それで、良いのでしょうか……」

「ああ、今のところは良い。だが、いずれ屋敷へ戻ったら、今までのようなことは殿を相手には出来ないからな、またお前の出番が来るかも知れぬ」

「はあ……、私でお役に立てるのでしたら何でも……」

「本当なら、儂がしたいところなのだが、若いお前には敵《かな》わぬ。あはは」

玄庵は、相当に危ないことを言って笑った。

本来なら、家臣の身で主君の奥方をどうこうなど、心で思うすら不敬だろうに、彼は簡単に言ってのけたのだ。

「それから、たまには雪江ちゃんのことも慰めてやるといい」

「え……?」

「あの娘も、本当の快楽に目覚めたばかりだが、何しろ藤兵衛は新しい店のやりくりに夢中だ。まして、長く一緒に暮らしているから、淫気よりは肉親の愛情の方が強くなっている。男は、身近すぎる女には淫気は湧きにくくなるものなのだ」

これも、新鮮な意見だった。

孝太にしてみれば、好きだから四六時中一緒にいたいと思うのだが、実際にはそう淫気など抱《いだ》かなくなるものらしい。むしろ、男女の隔《へだ》たりが大きいほど、刹那《せつな》的な快楽に燃え上がるのだろう。そして愛情より、肉欲が優先する方が快楽も大きいようだった。

「本当に惚れた相手には出来ぬことにこそ、快楽の極意があるのだ。だから人の妻が最高。もっとも、今のお前にはまだ分からぬだろうがな、いずれ分かる。覚えておくと良い」

玄庵は言い、やがて立花屋に着くと、彼は孝太と一緒に離れへ入っていった。

そして、昼餉を終えたばかりらしい千乃に問診をした。

「ああ、お顔の色も良い。安堵《あんど》いたしました。あとは栄養と睡眠を良く取り、この孝太にどんな我儘でも言えばよろしゅうございましょう」

玄庵は言い、すぐに帰っていった。

第三章　奔放なる後家の生贄《いけにえ》に

一
「あっ、困ります。千乃様、私が……！」

孝太が朝起きて、顔を洗おうと井戸端へ行くと、千乃は裏庭を箒《ほうき》で掃《は》いていた。

彼は驚いて言い、駆け寄ったが彼女は箒を離さなかった。

「良いのです。好きにさせて」

千乃は言い、ぎこちなく掃除を続けた。それはあまりにお姫様育ちの、たどたどしい掃き方であったし、ほんの気まぐれな行為に過ぎないのだろうが、やがて孝太は好きにさせることにした。

やはり離れに住んでいても、母屋の女たちが朝から晩まで働いている様子は伝わってくるので、千乃なりに何か思うところがあったのだろう。

大名の娘として、また奥方として、日がな何もせず、ただ食事を運んでもらい身の回りの世話をされ、たまに観劇にでも行く程度の暮らしに疑問を覚えはじめたのかも知れない。

そして一日働いて、寝しなに情交する方が心地よいと悟《さと》ったのかも知れなかった。

孝太は顔を洗って房楊枝《ふさようじ》を使い、やがて母屋から運ばれる朝餉《あさげ》の仕度を手伝い、千乃も掃除を終えて手を洗った。

千乃が朝餉を済ませると、孝太も後から手早く食事を終えた。

と、そこへ喜多岡家の屋敷からの使いが来た。

「今日、芝居見物に行かないかとのことです」

「それは良うございますね。たまには外へ出られるのがよろしいかと思います」

孝太が言うと、千乃もその気になったようだ。

もちろん孝太は行かない。芝居見物となると一日がかりだ。芝居小屋の近くの料亭から昼餉を取り寄せ、終わった夕刻も、またその料亭へ行って夕餉を済ませてから帰るから、戻るのは日暮れ頃になるだろう。

あるいは正春も忍びで観劇し、それとなく千乃の様子を見に来るのかも知れない。

実際、もう千乃の気鬱《きうつ》は治っているのだ。

もともと深刻ではなかったし、今後は正春に挿入されても、苦痛より快楽の方が大きいだろう。たとえ濡《ぬ》れ具合が少なくても、もう千乃は自分でいじって準備が整えられるほどになっている。

しかし孝太は、千乃が良くなってくれるのは嬉《うれ》しいが、屋敷へ戻ってしまうのも寂《さび》しかった。

やがて屋敷から乗り物が迎えに来て、千乃は芝居見物に出かけていった。あるいは正春に言われ、帰りはそのまま屋敷へ行ってしまうかも知れないが、それはそれで仕方がなく、孝太にはどうすることも出来ないのだった。

離れに一人になると、孝太は千乃の匂いの付いた布団《ふとん》を干し、部屋の掃除をした。そして昼餉を終えると、布団を叩いて中に仕舞い、母屋へ戻って店の仕事を手伝おうと思った。

すると、そのとき離れに入ってきた女がいた。

「ふうん、ここでお武家の奥方と寝起きしているの」

「あ、お嬢様。お帰りなさいませ」

孝太は言い、深々と頭を下げた。

彼女は伊助の一人娘で、二十三歳になる園である。番頭を婿《むこ》に迎えたが、この秋に急死してしまった。

その法要で、彼女は番頭の国許《くにもと》である八王子《はちおうじ》に行って、十日ばかり留守にしていたのだった。番頭は働き者だったが、何しろ身体が弱く、結局忘れ形見も残せないまま逝《い》ってしまった。

若女将《おかみ》である園は江戸っ子らしく勝ち気で、少々きついところもあるが、孝太は好きだった。何しろ今までの彼にとっては、園が最も身近な美女だったから、何かと手すさびの妄想でお世話になっていたのである。

いま彼女は、後家となってお歯黒も落とし、娘時代に戻ったように晴れ晴れとした表情をしていた。夫の看護からも解放され、まだ年も若いので、もう一花咲かせようという気になっているのだろう。

「奥方と、したの？」

「え……？」

「男と女が、誰も来ない離れで暮らしていたのだから、何かあってもおかしくないでしょう」

「いいえ、相手はお武家ですから、何かあるわけありません。それに私など、小僧扱いですから」

「それもそうだわ。じゃ本当に、療養していただけなのね」

園は、それ以上の詮索《せんさく》はせず、簡単に納得してしまった。確かに、何もないと思うのが一般的な常識なのである。つまり千乃と孝太は、世間の常識から外れた悦《よろこ》びを見出してしまったのだ。

「でも、気楽な身分だわ。ここで、こんなふうに一日ゴロゴロしていれば良いのでしょう」

園は言い、彼が取り込んだばかりの布団を敷き延《の》べ、その上にごろりと仰向けになってしまった。久しぶりに戻った実家で、手足を伸ばしたいのだろう。

「もし私が奥方だったら、こんなふうにするのに。孝太、足をお揉《も》み」

「はい……」

言われて、孝太はすぐにも彼女の足の方へ廻って座った。そして素足を押し包むように両手で握り、親指で足裏を圧迫してやった。

「ああ、いい気持ち……」

園が、うっとりと身を投げ出して言った。

孝太は、園に触れたのは初めてだった。お嬢様育ちだが園は働き者で、踵《かかと》や指の腹はしっかりと逞《たくま》しく、硬かった。そして土踏まずは柔らかく、ほんのりと生温かく湿っていた。

彼は嗅《か》いだり舐《な》めたりしたい衝動に駆られたが、もちろん我慢して黙々と指圧を続けた。

「孝太。お前はまだ無垢《むく》なの？」

いきなり、園が言った。

「は、はい……」

「そうよね。お前は岡場所なんか行ったりしないものね。でも、十八なのだから淫気はあるでしょう。奥方の寝姿でも覗《のぞ》いて、自分でしたこともあるでしょう。正直におっしゃい」

「あ、あります……。でも、どうかご内密に……」

覗き見の手すさびどころか、おそらく園が経験してきた以上の情交を繰り返し行なっているなどと知ったら、彼女はどんな顔をするだろうか。孝太は心の中で、密かに誇らしい気持ちにさえなった。

「もちろん、誰にも言いやしないさ。それより、私を思ってしたこともあるかい？」

「はい……、申し訳ありません……」

孝太は指圧しながら、激しく勃起してきてしまった。何やら足裏の汗ばみが増し、彼女の興奮も伝わってくるようだった。

「怒りはしないよ。よく正直に言ってくれたね。でも、何も知らないのに、何を思うんだい？」

「はい、春本に書かれているようなことを当てはめて……」

「そう、でも陰戸がどんな形かも知らないんだろう。枕絵《まくらえ》じゃ、そんなに分かりやすいとも思えないから」

「ええ……、どのようなものか、全く見当も……」

「見せてあげようか」

「え……」

いきなり言われ、孝太は驚いて指圧の動きを止めた。

「正直にお言い。嫌だったら無理にとは言わないけれど、見たいのなら、ちゃんと言ってごらん」

園は仰向けのまま、切れ長の眼差《まなざ》しでじっと彼を見つめて言った。その頬《ほお》はほんのり上気し、しきりに唾《つば》を飲み込んでいるのは、興奮に弾《はず》む息を抑えているからなのだろうか。

「嫌だなんてそんな……。どうか、お願いします。お嬢様の陰戸を拝ませてくださいませ」

孝太は、緊張と興奮に息を震わせて言った。

「そう……、そんなに見たいのなら、恥ずかしいけれど見せてあげる……」

園は言い、孝太も手を離して一歩下がった。すると彼女は仰向けのまま腰を浮かせて着物をめくり上げ、さらに腰巻も左右に開いてから大きくまくった。

たちまち、むっちりとした白い脚が露《あら》わになり、その付け根と腰までが彼の前で丸出しになった。

「いいよ、もっと近くへ来て、好きなだけご覧《らん》……」

園が言い、微《かす》かに内腿《うちもも》を震わせながら、両膝を全開にした。

孝太は息を弾ませながら腹這いになり、大きく開かれた園の股間に顔を進ませていった。

白く滑らかな内腿は、うっすらと細い血管が透《す》けて見え、実に色っぽかった。

丸みを帯びた丘に茂る恥毛は、情熱的に濃く密集し、割れ目からはみ出す花びらも大量の蜜に潤《うるお》っていた。そして内腿に挟まれた股間全体には、何とも悩ましい匂いを含んだ熱気と湿り気が籠《こ》もっていた。

「どう？　中もご覧。どんな眺め？」

園が息を詰めて囁《ささや》くように言い、両手を股間に伸ばしてきた。そして両の人差し指を割れ目に当て、ぐいっと陰唇を左右に広げて見せてくれた。

微《かす》かに、ぴちゃっと湿った音がして開き、中でヌメヌメと潤う柔肉が丸見えになった。細かな襞《ひだ》が花弁状に入り組んで膣口が息づき、ぽつんとした小さな尿口もはっきりと確認で聞いた。

オサネを包む頭巾《ずきん》状の包皮は大きく、陰唇の左右に繋《つな》がっていた。突起の方も大きめで、よく見ると男の亀頭を小さくしたような形状だった。

全体は大量の淫水に濡れ、膣口の周辺だけ、白っぽく濁《にご》った粘液にまみれていた。

孝太はごくりと生唾を飲み、やはり微妙に千乃とも雪江とも違う陰戸の形状に目を凝《こ》らした。

二

「ほら、ここが男のものを入れるところだよ……」

園が、陰唇を広げたまま、膣口を指して言った。

「はい……、とっても綺麗《きれい》で、うんと濡れてます……」

「そう……、好きなようにいじっていいよ……」

言われて、孝太はそっと指の腹で、他の女より大きめのオサネに触れた。

「アアッ……！」

園がびくっと顔をのけぞらせて喘《あえ》ぎ、白く張りつめた下腹を波打たせた。

「気持ちいいよ、孝太……、もっと触って……」

「な、舐めても構いませんか」

孝太が股間から言うと、園はひゅっと息を吸い込んだ。どうも、それを望んでいながら、なかなか恥ずかしくて切り出せなかったようだ。

「ああ……、舐めてくれるのかい……。お前どうしてそんなことを……、そう、春本で読んだんだね。嫌じゃないのなら、うんと舐めておくれ……」

園は声を震わせ、身構えるようにあらためて股間を全開にさせた。

孝太は顔を進め、柔らかな茂みに鼻を埋め込んでいった。汗とゆばりの芳香が濃く鼻腔《びこう》を刺激し、割れ目を舐めると、ねっとりとした大量の蜜汁が心地よく舌を濡らしてきた。

襞の入り組む膣口を掻《か》き回すと、生温かな粘液が淡い酸味を伝え、さらにオサネまで舐め上げていくと、柔肉の舌触りが実に滑らかだった。

「あう……！　気持ちいい……」

舌先がオサネを弾き上げると、園が声を上ずらせて喘ぎ、量感ある内腿できつく彼の顔を締め付けてきた。

孝太は舌先をオサネに集中させ、溢《あふ》れる蜜汁をすすった。上の歯で包皮を剝《む》くと突起が吸いやすく、強く吸引するたびに園の内腿に強い力が入った。

「ああ……、孝太、嫌な匂いしないかい？　本当にいい子だね、お前は……、もっとお舐め……」

園は譫言《うわごと》のように言いながら、ひくひくと下腹を波打たせ、豊満な腰をくねらせて悶《もだ》えた。亭主が死んだというのに、元々ぽっちゃり型だった彼女は、ますます熟《う》れて艶《なまめ》かしい肉づきになっていた。

彼は執拗《しつよう》に舐め回し、さらに彼女の脚を浮かせ、白く豊かな尻の谷間へと顔を埋め込んでいった。

綺麗な薄桃色の蕾《つぼみ》に鼻を埋めると、微かに悩ましい匂いが籠もり、彼は舌先でくすぐるように細かな襞を舐めた。そして充分に濡らしてから舌を潜り込ませていくと、

「アアッ……！　そんなところまで舐めてくれるの……」

園は嫌がらず、自ら浮かせた脚を抱え込んで尻を突き出してくれた。

孝太は滑らかな内部の粘膜を味わい、顔中を双丘に密着させて舌を蠢《うごめ》かせた。

「いい気持ち……、こんなことされたの、初めて……」

園がうっとりと言い、断続的にきゅっと彼の舌を肛門で締め付けてきた。

してみると婿養子に入った番頭は、この部分まで舐めていなかったらしい。

とにかく園は、絶大な淫気を溜《た》め、諸々《もろもろ》の用事を済ませて家に帰ってきたのだ。だから誰も来ない離れに一人でいた孝太は、格好の餌食《えじき》にされたようなもので、どんな行為だろうと受け入れられるようだった。

やがて大量の淫水が陰戸から流れ出し、やがて彼は舌を引き離し、彼女の脚を下ろしながら新たな蜜汁をすすり、再び割れ目に口を押し当てていった。

「あうう……、もう堪《たま》らない。お願い、孝太、入れて……」

園が絶頂を迫らせ、切羽《せっぱ》詰まった口調で言うので、孝太も身を起こして裾《すそ》をまくると、手早く下帯を解き放って一物を露わにした。

そして股間を押し進め、先端を陰戸にこすりつけてヌメリを与えた。

「もう少し下……、そう、そこよ、来て……」

彼を無垢と思い込んでいる園は、僅《わず》かに腰を浮かせて位置を定めてくれ、孝太も息を詰めてゆっくりと挿入していった。いかに二人の女で慣れているとはいえ、気持ち良いことには違いないので、少しでも気をゆるめたら暴発しそうだった。

「アアーッ……！」

根元まで一気に挿入すると、園が身を反らせて激しく喘いだ。

孝太も、滑らかな肉襞の摩擦《まさつ》で危うく漏《も》らしそうになりながらも、深々と押し込んで股間を密着させた。そして押しつけながら両脚を伸ばして身を重ねると、園も下からしがみついてきた。

互いに着衣で、肝心な部分だけ交わっているというのも激しく淫《みだ》らな感じがして高まった。

「大きいよ、とっても気持ちいい……、さあ、突いておくれ。腰を前後に、思い切り奥まで……」

園が熱く甘い息で囁いた。

こんな近くで彼女の顔を見るのは初めてだ。薄化粧が色っぽく、紅を塗った口が半開きになり、熱く湿り気ある息が洩《も》れていた。それは千乃や雪江のような甘酸っぱい果実臭ではなく、花粉か白粉《おしろい》のように甘く、鼻腔に引っ掛かるような艶かしい刺激が含まれていた。

孝太は喘ぐ顔を見下ろしながら、少しずつ腰を前後に突き動かしはじめた。

「ああッ……！　いいよ、もっと強く……」

園が顔をのけぞらせて口走り、下からもずんずんと股間を突き上げてきた。粗相《そそう》したかと思えるほど大量に溢れる淫水が、動きに合わせてピチャクチャと卑猥《ひわい》に湿った音を立てた。

孝太は果てそうになると動きをゆるめ、また落ち着いてから動きはじめたのだが、もう園の方が我慢できず激しく突き上げてきた。その勢いに巻き込まれ、彼も腰の動きが止まらず、何とも心地よい摩擦快感に昇り詰めていった。

「い、いく……、アアッ……！」

孝太が口走り、股間をぶつけるように動きながら熱い大量の精汁を勢いよく内部にほとばしらせると、

「気持ちいいッ……！　ああーッ……！」

続いて園も激しく気を遣《や》って声を上げ、がくんがくんと狂おしく腰を跳ね上げながら乱れに乱れた。

膣内の蠢きと締め付けも激しくなり、彼は夢中で律動しながら、心おきなく最後の一滴まで絞り尽《つ》くしてしまった。

同じ快感を知っている新造でも、園は千乃や雪江よりも年季が入っており、絶頂を相手に合わせることも出来る熟練で、快感も絶大なようだった。

園は弓なりに反り返ったまま硬直し、孝太は満足げに徐々に動きを弱めていった。

ようやく体重を預けてのしかかり、股間を押しつけながら余韻《よいん》を味わうと、まだ入ったままの一物がきゅっきゅっと締め付けられた。

「ああ……、良かった……」

園は吐息混じりに呟《つぶや》き、ようやく強《こわ》ばりを解いてぐったりと身を投げ出してきた。

孝太は充分に呼吸を整えてから、ゆっくりと股間を引き離し、添い寝したいのを我慢して懐紙《かいし》で陰戸を拭いてやった。

園は心地よさそうに身を任せていたが、やがて身を起こし、帯を解きはじめた。

どうやら、まだ終わらないようだった。

「最初にしては上出来よ。もう一度、ゆっくりしてみたいわ」

園が言い、乱れていた着物と襦袢《じゅばん》を脱ぎ捨て、腰巻まで取り去って一糸まとわぬ姿になってしまった。

そして一物を拭こうとした彼の着物も完全に脱がせて仰向けにさせ、まだ精汁と淫水に濡れている肉棒に顔を寄せてきた。

「すぐ大きくなってきたわ。なんて大きいの……」

園が、両手で包むように幹を支えて視線を注ぎ、熱い息で囁いた。

孝太は、自分ではごく普通の大きさと思っているが、あるいは病弱だった番頭はよほど小さかったのかも知れない。

そのまま園は、ためらいなく舌を伸ばし、まだ混じり合った淫水に濡れている先端を舐め回してきた。

「ああ……」

孝太は、既に余韻からも覚めているから素直に快感を得て喘いだ。

「気持ちいいでしょう？　でも、出したばかりだから漏らす心配もないわね」

園は言いながら舌先で鈴口から亀頭全体を舐め回し、さらに肉棒をスッポリと喉《のど》の奥まで呑み込んできた。

中は温かく濡れ、からみつく舌が何とも滑らかで心地よかった。

熱い息が恥毛をくすぐり、彼女は頰をすぼめて吸いながらスポンと引き抜いた。そしてふぐりにもしゃぶり付き、二つの睾丸を舌で転がし、優しく吸い、充分に袋全体を唾液にまみれさせてから、再び一物を含んできた。

「ああ……、お嬢様……」

孝太はうっとりと喘ぎ、園の口の中で温かな唾液に浸りながら、すっかり元の大きさを取り戻してしまった。

やがて園は口を離して添い寝し、腕枕しながら何とも白く豊かな乳房を押しつけてきた。

「吸って……」

園が甘い息で囁き、濃く色づいた乳首を彼の口に含ませてきた。孝太がちゅっと吸い付くと、彼女はそのまま柔らかな膨《ふく》らみを彼の顔中に密着させてきた。

三

「むぐ……！」

顔中が柔肉に埋まり込み、孝太は心地よい窒息《ちっそく》感の中で呻《うめ》いた。

餅《もち》のように柔らかな肌の隙間から辛《かろ》うじて呼吸すると、濃厚に甘ったるい汗の匂いが馥郁《ふくいく》と鼻腔を満たしてきた。

「いい気持ち……、もっと吸って、嚙んでもいいから……」

園が囁くと、孝太も激しく吸い付き、舌で弾くように転がしてから軽く前歯で乳首を挟み付けた。

「あうう……、もっと強く……」

園はさらにぐいぐいと膨らみを押しつけながら喘ぎ、彼の頬を撫で回した。

孝太はコリコリと軽く嚙みながら舌を動かし、熟れた体臭に噎《む》せ返りながら二度目の高まりを覚えはじめた。

彼女はもう片方の乳首も舐めさせてから、やがて仰向けにさせた彼に上から顔を寄せ、ぴったりと唇を重ねてきた。

柔らかく、弾力ある唇が密着し、熱く甘い息と、紅白粉の香りが入り混じって鼻腔を搔き回してきた。小間物屋の娘だから、化粧は最高級品を使っているのだ。その香りに、園本来の口の匂いが混じって、何とも言えぬ艶かしい芳香となって孝太を酔わせた。

舌が潜り込むと、彼も吸い付きながら舐め回した。他の二人より園は舌が長く、滑らかな感触が実に心地よく、ぽっちゃり型のせいか生温かな唾液の分泌《ぶんぴつ》も非常に多いようだった。

「ンン……」

園は、少しでも奥まで舌を押し込むように口を密着させて呻き、執拗《しつよう》に彼の口の中を舐め回した。口移しに注がれる唾液はとろりとして適度な粘《ねば》つきがあり、心地よく彼の喉を潤した。

「アア、美味《おい》しい……、何て可愛《かわい》い……、前から食べたかったのだけれど、とうとうしてしまった……」

口を離すと、園が感極まったように熱く囁きながら、孝太の鼻の穴から頬までぬらぬらと舐め回した。孝太も、甘い吐息の匂いに包まれ、顔中唾液にまみれながらうっとりとなった。

「さあ、お前も初めてなら、色々してみたいことがあるでしょう。何でも私にしてごらん……」

やがて園が言って仰向けになり、見事な熟れ肌を余すところなく晒《さら》した。

孝太は身を起こし、あらためて園の豊かな乳房に顔を埋め、左右の乳首を吸ってから胸の谷間に顔を埋め、さらに腋《わき》の下にも潜り込んで濃厚な体臭を嗅いだ。

柔らかな腋毛に鼻をこすりつけると、甘ったるい汗の匂いが胸を満たした。

「ああ……、くすぐったい……、汗臭いのが嫌じゃないの？　おかしな子ね……」

園はうっとりと恍惚《こうこつ》の表情で言いながら、何でも彼の好きにさせてくれた。

孝太は滑らかな肌を舌で移動し、脇腹から中央に戻って臍《へそ》を舐めた。柔らかな腹部に顔を押しつけると、心地よい弾力が伝わってきた。

そして腰から太腿を舐め下り、丸い膝小僧から脛《すね》に移動すると、うっすらとした体毛が艶かしく感じられた。

足首を摑《つか》んで浮かせ、足裏に舌を這わせると、

「アア……、何をするの。汚いのに……」

園は声を震わせて言いながらも、じっとされるままになっていた。

孝太は足裏を舐め回し、汗と脂《あぶら》に湿った指の股に鼻を割り込ませて蒸《む》れた匂いを嗅いだ。そして桜色の爪《つめ》を嚙み、さらに爪先《つまさき》をしゃぶって指の間に舌を割り込ませると園の足がびくっと震えた。

「く、くすぐったくて、いい気持ち……」

園は、すっかり彼の愛撫《あいぶ》が気に入ったように息を弾ませ、彼はもう片方の足も、味と匂いが消え去るまで貪《むさぼ》った。

やがて孝太が両足とも舐め尽くすと、

「ね、もう一度、舐めて、いっぱい……」

園が大股開きになってせがんだ。しかし彼は添い寝し、仰向けになった。

「お嬢様が、私の顔に跨《また》がってください。下から舐めたいので……」

「え？　厠《かわや》のように？　そんなことするの、初めて……」

園は言いながらも興味を覚えたように身を起こし、ためらいなく彼の顔に跨ってき

た。孝太も下から腰を抱え、新たな蜜汁を溢れさせている陰戸を見上げた。

「ああ……、恥ずかしい……」

園は、まさに後架《こうか》を跨ぐように両足を踏ん張り、下腹を波打たせて喘いだ。しゃがみ込んだため太腿や脹《ふく》ら脛《はぎ》がむっちりと量感を増して張りつめ、彼も真下から舌を伸ばしていった。

「アアッ……！」

滴《したた》る蜜汁をすすりながらオサネを舐めると、園が喘いで激しく悶え、とてもしゃがみ込んでいられなくなり、左右に両膝を突いて四つん這いになった。

孝太が執拗にオサネに吸い付くと、彼女は喘ぎながら割れ目を彼の顔中にこすりつけ、蜜汁でぬるぬるにしてきた。さらに彼は尻の方に廻って肛門を舐め回し、舌先を潜り込ませた。

「く……、そこも、気持ちいい……」

園は尻の谷間も彼の口に押しつけながら、割れ目に密着した鼻を新たな淫水にまみれさせた。

孝太は舌をオサネに戻し、指を膣口に出し入れさせながら濃厚な愛撫を続けた。内部には、まださっきの精汁も残っていたが、却《かえ》って指が滑らかに動いた。

すると大量の淫水が粗相したように噴出し、彼の口から喉までもビショビショにさせた。

園は、千乃や雪江よりも汁気が多いのだろう。

「ああ……、もう駄目、またいきそう……！」

彼女は声を上ずらせて言い、孝太の顔から股間を引き離した。そして仰向けの彼の身体を移動して屈《かが》み込むなり、再び肉棒にしゃぶりついてきた。

「く……！」

孝太は根元まで含まれながら呻いた。園は喉の奥まで頬張り、強く吸い付きながら激しく舌を蠢かせた。たちまち一物全体が温かな唾液にまみれると、園は茶臼《ちゃうす》で一物に跨ってきた。

自ら幹に指を添えて先端を陰戸に受け入れ、感触を味わうようにゆっくりと座り込んできた。

「アアッ……！　いい……」

根元まで入ると、園が顔をのけぞらせ、一本の杭《くい》に貫《つらぬ》かれたように硬直した。

孝太も、心地よい肉襞の摩擦と温もりに高まり、必死に堪えながら美しくも色っぽい後家の感触を味わった。

園はきゅっと締め付けながら何度か、腰で円を描くようにグリグリと動かしてからやがて身を重ねてきた。

孝太も両手でしがみつき、股間を突き上げはじめた。幸い、さっき出したばかりなので、今は多少なりとも摩擦快感を味わう余裕があった。

「ああ……、こんなに気持ち良いの、初めて……」

園が彼の肩に腕を回し、熟れ肌全体を密着させながら言った。

孝太は甘い息を求め、唇を重ねながら股間を突き上げ続けた。溢れる蜜汁がふぐりまでぬめらせ、彼は舌をからめながら、いよいよ高まっていった。

「い、いく……！」

たちまち孝太は大きな快感に貫かれ、口走りながらありったけの精汁を内部に噴出させた。

「アアッ……！　もっと出して、熱いわ……！」

内部を直撃されると同時に園も気を遣り、膣内の収縮を高めながら狂おしく痙攣《けいれん》した。やがて孝太は、溶けてしまいそうな快感の中、最後の一滴まで心おきなく出し尽くし、徐々に動きを弱めていった。

園も硬直を解いてぐったりとなり、彼にのしかかりながら満足げに体重を預けてきた。汗ばんだ肌が密着し、荒い呼吸とともに二人とも溶けて混じり合いそうな、気《け》だるい時が流れた。

孝太は、園の湿り気あるかぐわしい息を嗅ぎながら心地よい余韻に浸り、内部で何度も幹を脈打たせた。

「良かった……、とっても……。こんなに良いなら、もっと早くお前を食べれば良かった……」

園が耳元で熱く囁き、本当にキュッと耳朶《みみたぶ》に嚙みついてきた。

「い、いたたた……、お嬢様、ご勘弁を……」

甘嚙みでなく本気だったので、孝太は顔をしかめて言った。園も口を離し、やがて呼吸を整えてから股間を引き離していった。そして彼女は自分で懐紙を手に、手早く陰戸を拭い、一物も処理してくれてから添い寝してきた。

「可愛いのに、苛《いじ》めたい……」

園は再び腕枕して彼を抱きすくめ、その耳や頰を舐め回しながら熱く囁いた。

「また、これからもしていい……？」

「ええ、もちろん……」

「お前、好きな女はいるの？」

「いたのですが、新造でしたから……」

孝太がうっかり言うと、園が力一杯抱き締めてきた。

「何て可愛いことを。でも、もう私は新造ではなく、後家だから、遠慮なく抱いていいのよ……」

どうやら園は、彼が言った「新造」が自分のことだと思ったようだった。

四

「今日は楽しかった。でも少し疲れました」

日暮れになって、千乃が帰ってきて言った。予定通り彼女は夕餉も済ませており、孝太もまた済ませて、行燈《あんどん》を点《つ》けて離れで待機していた。

孝太は、千乃があのまま喜多岡家の屋敷へ戻ってしまわなくて良かったと思い、笑顔で迎えた。

「それは良かったです。早くお休みになると良いですよ」

彼は言いながら、千乃が脱ぐのを手伝い、寝巻きを着せた。既に床《とこ》も敷き延べられている。

「殿様にはお目にかかったのですか」

「ええ、芝居小屋にいらしておりました。少しお話し、明日にも私はいったん屋敷へ帰ることに致します」

「そうですか……」

孝太は、少し不安になった。

「しかし殿は寛大《かんだい》なお方で、また気鬱の兆《きざ》しがあれば、無理に屋敷に居ることはないと仰《おつしや》ってくれました」

「では、もし私が必要なときは、いつでもお呼びだし下さいませ」

孝太は言い、希望を繋げておいた。

「ええ、もちろん。殿は、お前のようなことはしてくれませんし、また、させるわけにもいきませんからね」

千乃は言い、疲れていると言っていたのに眠る様子は見せず、きらきらと淫気に目を輝かせはじめていた。

そして彼女は孝太の手を取って布団に引き寄せ、彼を押し倒して上からのしかかってきた。

孝太は、唇が重なり、滑らかな舌が潜り込んできた。

孝太は、熱い湿り気を含んだ、甘酸っぱい息の匂いを嗅ぎながら激しく勃起した。

「ンンッ……！」

千乃は滑らかに舌を蠢かせ、生温かな唾液を惜しみなく流し込んでくれながら、もどかしげに互いの寝巻きの帯を解き放ってしまった。

孝太も舌をからめ、奥方の唾液と吐息を味わいながら自分で脱ぎ去り、腰を浮かせて下帯も取り外していった。

やがて彼女は腰巻まで脱ぎ、たちまち一糸まとわぬ姿になり、同じく全裸になった孝太に肌を密着させてきた。

「今宵《こよい》は、お前に頼みがあるのです……」

千乃が、近々と顔を寄せて甘く囁いた。

「頼みだなどと……、どうかお命じ下さいませ」

孝太が答えると、彼女は満足げに頷《うなず》き、ちろりと唇を舐めて口を開いた。

「私の、お尻の穴に入れて欲しいのです」

「え……？　そ、そのようなことを、どうして……」

「芝居小屋の帰り、陰間茶屋《かげまちゃや》に寄る僧侶《そうりよ》を見かけました。男同士は、尻に入れて楽しむと聞き及びます。どのようなものか、味わってみたいのです」

千乃が、好奇心に目を輝かせて言った。

「は、入るものでしょうか……」

孝太は言い、自分も激しい興味を覚えた。もちろん陰間は尻に入れることは知っているが、それは春本の絵空事《えそらごと》か、あるいは特殊に肛門を拡張する訓練を受けた陰間だけのものと思っていたのだ。

「もし、どうしても痛かったら止めて」

「わかりました。では、そのようにいたします」

孝太は答え、この美しい奥方の肉体に残る、唯一の生娘の部分に入れられることに大いなる期待をした。

まずは、挿入まではいつも通りの行為を行なうことにし、彼は千乃の色づいた乳首に吸い付いていった。

「ああッ……！」

千乃は顔をのけぞらせて喘ぎ、孝太も執拗に舌を這わせて吸い、もう片方も念入りに愛撫した。湯殿を使っていない千乃は、いつになく歩き回ったので甘ったるい汗の匂いも濃く、その刺激が激しく彼の股間に伝わってきた。

左右の乳首を充分に味わった彼は、腋の下にも顔を埋め、和毛《にこげ》に鼻をくすぐられながら濃厚な体臭で鼻腔を満たし、じっとり湿った腋に舌を這わせた。

「アア……、嚙んで……」

さらに脇腹を舐め降りると、千乃が熱く喘ぎながら言った。奥方に歯型など付けられないから、彼はそっと柔肌を前歯で挟んだ。

「あうう……、もっと強く……」

彼女はくねくねと身悶えながら無理なことを言い、孝太も出来る限り、痕《あと》にならない程度に甘く嚙んだ。

そして腹に戻って臍を舐め、豊かな丸みを持つ腰から太腿へと舌でたどり、脚を降りていった。どこも滑らかな舌触りで、ほのかな汗の味も感じられた。

孝太は足裏にも顔を埋め込み、指の股の蒸れた匂いも楽しみ、爪先にしゃぶりついた。うっすらとしょっぱい味と匂いが消え去るまで貪り、彼はもう片方の脚も隅々まで賞味した。

「ああ……、くすぐったい……」

千乃は下半身をくねらせて喘ぎ、陰戸への愛撫を望むように自ら両膝を全開にしてきた。

孝太は腹這いになり、奥方の股間に顔を進めていった。そしてむっちりとした内腿を舐め上げ、中心部へと迫った。悩ましい匂いを含んだ熱気と湿り気が顔中に吹き付け、彼はすでに割れ目が蜜汁で大洪水になっているのを認めた。

黒々とした柔らかな茂みに鼻を埋めると、何とも濃い体臭が馥郁と鼻腔を刺激してきた。

彼は汗とゆばりの匂いを貪りながら、熱く濡れた柔肉に舌を差し入れた。

「アアッ……、舐めて、もっと……」

千乃が大胆に口走り、彼は淡い酸味のぬめりを味わいながらオサネを舐め回した。

もがく腰を抱え込んでオサネに吸い付き、さらに彼は脚を浮かせ、これから無垢でなくなってしまう薄桃色の蕾にも鼻を埋め込んだ。

秘めやかな微香が馥郁と感じられ、彼は舌先で細かに震える襞を舐めた。

「く……」

千乃も、特にその部分を意識し、きゅっきゅっと可憐な収縮を繰り返しながら愛撫に応えた。さらに彼は舌を潜り込ませ、ぬるっとした粘膜も味わった。

「あうう……、気持ちいい。孝太、まずは試しに指を……」

彼女が喘ぎながら言うと、孝太も充分に肛門を濡らしてから舌を引き離した。そして自分の左手の人差し指を舐めて濡らし、指先を蕾に当てて注意深くそろそろと潜り込ませていった。

「あう……」

「痛くありませんか」

「大丈夫。そっと入れて、奥まで……」

千乃が息を詰め、初めての感覚を探るように答えた。さすがに入り口はきついが奥は滑らかで、いつしか指はずぶずぶと根元まで呑み込まれてしまった。

しかし、指だから良いが、肉棒が入るかどうか心配だった。

孝太は指を深々と押し込んだまま、今度は右手の指を膣口に潜り込ませ、天井をこすりながらオサネに吸い付いた。

「アアッ……！　気持ちいい……」

千乃が前後の穴で、きゅっと彼の指を締め付けながら喘いだ。

孝太もそれぞれの指を蠢かせながら夢中でオサネを吸うと、急に淫水の味が濃くなってきた。これは絶頂を迫らせている証しだ。

「い、入れて……」

たちまち千乃が、切羽詰まった声でせがんだ。

孝太は舌を引っ込め、彼女の前後の穴からゆっくりと指を引き抜いた。

肛門に入っている指には汚れの付着もないが、秘めやかな匂いが指先から馥郁と感じられた。膣内に入っていた指は白く濁った粘液にまみれ、指の腹もふやけてシワになっていた。

彼は身を起こし、すっかり待ちきれないほど屹立《きつりつ》している一物を構え、千乃の股間に迫っていった。まずは膣口に先端を押し当て、ぬめりを与えるためにヌルヌルッと挿入していった。

「ああーッ……！」

千乃は激しく喘ぎ、身を弓なりに反らせて根元まで受け入れた。

孝太も挿入時の摩擦で暴発しないよう気を引き締めながら、深々と貫き、熱いほどの温もりとぬめりを味わった。そして上体を起こしたまま、何度かズンズンと腰を前後させた。

「アア……、気持ちいい……」

千乃は喘ぎながらも、やはり尻に入れるという目的を忘れてはいなかった。

「お願い、孝太……」

「はい、では……」

応え、彼は快感を名残惜《なごりお》しみながら、ゆっくりと一物を引き抜き、彼女の両脚を抱え上げた。見ると可憐な蕾は、陰戸から滴る大量の蜜汁にまみれ、ぬめぬめと妖《あや》しい光沢《こうたく》を放って息づいていた。

やがて彼は蕾に先端を押し当て、息を詰めてゆっくりと股間を進めていった。

すると細かな襞が丸く押し広がり、今にも裂《さ》けそうなほど張りつめた。

五

「ああーッ……！　孝太、もっと……」

無垢な小穴を犯されながら、千乃はさらなる結合を望んで口走った。

実際、最も太い雁首《がんくび》の傘が潜り込んでしまうと、あとは比較的楽に挿入することが出来た。

やがて根元まで押し込むと、尻の丸みが孝太の股間に密着し、柔らかく弾んだ。

内部は、やはり膣内とはヌメリも感触も違うが、初めての経験ということで孝太は激しく高まった。

千乃は目を閉じて異物感に眉《まゆ》をひそめ、奥歯を噛みしめていたが、陰戸からの泉は涸《か》れることがなかった。

「大丈夫ですか……」

股間を押しつけながら囁くと、千乃は頰を強ばらせたまま小さくこっくりした。

孝太は温もりと締め付けを味わいながら、そろそろと腰を引き、またズンと押し込んだ。

「あう！」

千乃は呻いたが、拒《こば》みはしなかった。むしろ、次第に痛みは麻痺《まひ》し、無意識に力の抜き方にも慣れてきたのかもしれない。そして潤いも充分だったから、次第に小刻みな動きがぬらぬらと滑らかになっていった。

「ああ、気持ちいい……、千乃様、出ます……」

孝太は急激な高まりを覚え、口走りながら昇り詰めてしまった。もとより、長引かせても千乃が辛いだけだろうし、挿入したことで気も済んでいるだろう。

「く……！」

彼は突き上がる快感に呻きながら、その時ばかりは千乃への気遣いも吹き飛んで、股間をぶつけるように激しく律動してしまった。

同時に、ありったけの熱い精汁が勢いよく内部に注入され、動きはさらに滑らかになった。

「アア……、感じる、熱い……」

内部へのほとばしりを感じ取り、千乃が喘ぎながらきゅっと肛門をきつく締め付けてきた。

やがて孝太は快感に身悶えながら、最後の一滴まで心おきなく出し尽くした。

そして徐々に動きをゆるめ、荒い呼吸を繰り返しながら力を抜いていった。しかし千乃の方は力が脱けず、かえって収縮させるものだから、内圧とぬめりで萎《な》えかけた一物がぬるっと押し出されてしまった。

何やら孝太は、奥方の排泄物《はいせつぶつ》にでもされたような興奮を得た。

肉棒には汚れもないが、彼は桜紙で手早く処理し、彼女の蕾も近々と観察した。穴が丸く小さく開き、奥に白濁の液を見せていたが、徐々につぼまって元の可憐な形状に戻った。

僅かに襞が、枇杷《びわ》の先のように突き出た感じになっていたが、それも次第に戻り、特に裂傷《れっしょう》もなく安堵《あんど》したものだった。

「いかがでしたでしょう……」

「ええ……、まだ中に何かあるような……、痛いけれど、嫌ではありませんでした」

千乃が汗ばんだ顔で答え、荒い呼吸を繰り返していた。

実際、嫌でなかった証拠に、陰戸からはさらに新たな蜜汁が湧《わ》き出ていた。

孝太は屈み込んで新鮮な淫水をすすり、突き立ったオサネを舐め回した。

「あうう……、そんなことをしている場合では……、早く洗った方がよろしいでしょう……」

千乃は言い、また快感にのめり込みそうになるのを懸命に堪えて身を起こした。

そして彼女が言うので孝太も愛撫を中断し、一緒に離れを出て井戸端へと行った。

井戸端は行水《ぎょうずい》などのために囲いもあるから、母屋からも見られなくて済む。

水を汲《く》むと、千乃が彼の股間を洗ってくれた。

「あ、どうか……、自分で致します……」

「良いのです。じっとして」

千乃は言い、甲斐甲斐《かいがい》しく指で一物を洗ってくれた。その刺激に、すぐにも孝太はむくむくと回復してきそうになってしまった。

「さあ、中も洗い流した方が良いでしょう。ゆばりを放ちなさい」

千乃に言われ、孝太は勃起を堪えながら懸命に尿意を高め、やがてゆるゆると放尿をした。それが終わると、もう一度千乃は水で先端を洗ってくれた。

「千乃様も、どうか出してくださいませ……」

孝太は、放尿を終えると遠慮なく勃起しながら言い、自分は座り込んで、その前に全裸の千乃を立たせて言った。

「私は、別に出さなくても……」

「いいえ、どうか、お願い致します」

「そんなところに座っていると、かかります」

「良いのです。どうか、このまま……」

孝太が執拗にせがむと、千乃もその気になってくれたようだ。尿意も高まっていたのかも知れない。

孝太は月明かりの下で、目の前にある千乃の腰を抱えながら割れ目を覗き込んだ。

「アア……、出る、本当に……」

千乃が呟くように言い、間もなく割れ目から月光に輝く水流がほとばしってきた。

最初は弱い流れだったが、すぐに勢いを増し、そのゆるやかな放物線が彼の喉から胸に温かく降り注いだ。

孝太は舌を伸ばして流れを受け、淡い味と匂いを感じながら喉に流し込んだ。

不思議なほど抵抗がなく、それは飲みやすいものだった。

「ああッ……！　何をしているの……」

千乃が気づき、咎《とが》めるように言ったが彼は腰を離さず、流れも治まらなかった。

口から溢れた分は肌を伝い流れ、すっかり回復した一物を温かく浸した。

「ああ……、莫迦《ばか》ね……」

千乃は言いながら、とうとう最後まで放尿を終え、流れが治まると内腿と下腹をぷるんと震わせた。

孝太は割れ目に口を付け、余りの雫《しずく》をすすり、柔肉に舌を這わせた。すると、たちまちゆばりの味が薄れ、新たに溢れた蜜汁の淡い酸味と、ぬらぬらする舌触りが満ちていった。

「ああ……、もう堪忍……、続きは、部屋で……」

千乃が喘ぎ、それでも母屋を慮《おもんぱか》って熱い囁きで言った。

孝太も口を離し、残り香を味わいながら彼女の股間を洗い流してやった。

玄庵に言われたゆばりの味わいだったが、これは病みつきになってしまいそうだった。味や匂いよりも、美女から出たものを取り入れる悦びと、恥じらいながらも与えてくれる女の心根への興奮だった。

やがて互いに身体を拭き、二人は全裸のまま離れの部屋の布団に戻った。

千乃も、尻への挿入や放尿により、疲労どころかかえって興奮を高めたように、彼に肌を密着させてきた。

やはり今度は、正規の結合を望んでいるのだろう。

彼女は孝太を仰向けにさせ、いきなり一物にしゃぶりついてきた。

「ああ……！」

孝太は、唐突な快感に喘ぎながら、千乃が屋敷へ帰ってから、殿様にいきなりこのようなことをしたりしないか心配になってしまった。

千乃は熱い息を彼の股間に籠もらせ、喉の奥まで呑み込んで吸い付いた。内部では滑らかに舌が蠢き、たちまち一物全体は、美しき奥方の温かく清らかな唾液にどっぷりと浸った。

孝太は、千乃の口の中で最大限に膨張し、絶頂を迫らせた。

すると、それを察したように千乃がすぽんと口を引き抜いた。

「いいわ、入れて……」

「どうか、千乃様が上に……」

言うと、彼女はためらいなく彼の股間に跨ってきた。もう舐めるまでもなく、陰戸は新たな蜜汁で大洪水になっているのだろう。

彼女は幹に指を添え、先端を自ら陰戸に押し当てながら、息を詰めてゆっくりと腰を沈み込ませてきた。

「アアッ……！　いい……」

ぬるぬるっと深く受け入れると、千乃が目を閉じてうっとりと喘いだ。

孝太も肉襞の摩擦に包まれ、温もりと締め付けを感じながら陶然《とうぜん》となった。

やがて彼女は完全に座り込んで股間を密着させ、顔をのけぞらせて腰を動かした。

「ああ……、やはり、前に入れる方が良い……」

千乃は呟き、やがて身を重ねてきた。

孝太は潜り込むように左右の乳首を交互に吸い、舌で転がした。千乃も彼の顔をきつく胸に抱きすくめ、徐々に腰の動きに勢いをつけていった。

孝太も下から股間を突き上げ、何とも心地よい摩擦に包み込まれながら互いに高まっていった。

千乃は唇を重ね、貪るように舌をからめながら次第にガクガクと絶頂の痙攣を起こしはじめた。孝太は美女の唾液と吐息に酔いしれながら、膣内の収縮に巻き込まれ、たちまち気を遣ってしまった。

「ああッ……、気持ちいい、孝太……！」

口を離し、千乃が狂おしく身悶えながら喘いだ。孝太も熱い大量の精汁を内部に放ち、全て出し切るまで大きな快感に一物を脈打たせていた。

やがて、すっかり満足した孝太が動きを止めると、千乃も力を抜いて彼に体重を預けてきた。

「殿とも、かほどに気を遣ることが出来るだろうか……」

千乃が荒い呼吸とともに呟き、孝太はそのかぐわしい息を間近に嗅ぎながら、うっとりと快感の余韻を味わうのだった。

第四章　熱き蜜汁果てる事なし

一

「あの、雪江さん。実は千乃様が……」

昼過ぎ、孝太は市ヶ谷の藤乃屋を訪ね、雪江を呼び出した。

朝のうち、千乃は屋敷からの迎えが来て、立花屋の離れを出ていった。もちろん試しに戻っただけで、また気鬱《きうつ》が昂《こう》じれば帰ってくることになっている。

だから伊助も、孝太には引き続き離れで暮らすことを許してくれた。もちろん孝太も、店の仕事に復帰したかったが、今しばらくは離れで待機するよう言われていたのだった。

「ええ、千乃様がお呼びなのですね。分かりました。いま行きます」

雪江は快《こころよ》く答え、また奉公人に店番を言い置き、藤乃屋を出てきてくれた。今日も藤兵衛の姿が見えなかったので、孝太はこれ幸いと雪江に声をかけることが出来たのだった。

やがて二人は離れて歩き、最初に出会った神社の前を通った。

孝太は通りから本殿に向かって頭を下げた。ここの神様のおかげで、雪江や千乃と出会えたのである。

その様子を見て、雪江もくすっと笑い、あとから本殿に頭を下げた。

孝太は神社を越えると脇道に入り、そちらにある出合い茶屋へと向かった。

「え？　立花屋さんへ行くのではないのですか？」

後ろから雪江が訊《き》いてきたので、孝太は緊張しながら振り返って言った。

「はい。ごめんなさい。実は、千乃様がお呼びだというのは嘘《うそ》です。あのお方は今朝方、お屋敷へ戻られました」

「まあ、どういうことですか……」

雪江が不審げに言った。

「私は、どうにも雪江さんが好きで、忘れられません。前のときは千乃様と三人でしたので、どうか今日は、二人きりで会ってくださいませ。お願い致します」

孝太は言い、深々と頭を下げた。

雪江は少し考えたが、待合いの前で立ち話も決まり悪いと思ったか、すぐに顔を上げて答えた。

「承知しました。あとの話は中で伺《うかが》いましょう」

彼女は言い、一緒に店へ入ってきてくれた。

初老の仲居に案内され、二人は二階にある端の部屋に入った。

八畳一間で、床が敷き延べられている。枕が二つ並び、桜紙も置かれた淫靡《いんび》な雰囲気だ。円窓を細く開けると、外は静かな神社の杜《もり》だった。

「好きと仰《おつしや》られても、何度も申し上げるように、私はもう所帯を持っております」

雪江が、先に切り出してくれた。

「はい。それはもう重々承知しております」

孝太は、慕情《ぼじよう》に胸を詰まらせながら言った。

「孝太さん。私は来月にも正式に披露目をして歯を染めますし、それはもう揺るぎません。確かに、早めにお知らせしなかったのは申し訳ありませんが、まさかあなたがそのようなお気持ちになるとは夢にも思わず」

「ええ、雪江さんのせいじゃありませんし、もう、諦めるしかないことは分かっております……」

「では、今日はどのような……」

「ここで、情交していただきたいのです。どうにも胸が痛く、恋しくてなりません」

「……………」

孝太が切々と言うと、雪江も言葉をとぎった。

彼も押し黙り、俯《うつむ》いたまま暫《しば》しの時が流れた。すると、やがて雪江が顔を上げて口を開いた。

「承知しました。すでに、千乃様の前で私たちは交わっておりますし」

「本当ですか……」

「しかし、どうか今回限りにしてくださいませ」

きっぱりと言われて、孝太も頷《うなず》いた。もちろん今回限りと思うと、悲しくて切ないが、しないで別れるのはもっと辛い。

それに、今回限りというのも言葉の上だけなのではなかろうか。近所なのだから縁があればまた相まみえるだろうし、千乃だって戻れば、また雪江を切《せつ》に求めるかも知れない。

だいいち雪江は、物心ついてから、ずっと藤兵衛と同じ屋根の下で暮らしてきたのだ。夫婦の絆《きずな》は深くても、それは男女ではなく肉親の感覚であろう。

そうなれば情交の回数も少なく、これから熟《う》れてゆく雪江も、他に男を求めてもおかしくはない。

要するに、今後のことは縁次第。まだまだ分からないと言うことだった。

そう割り切って、孝太はいま目の前の雪江に専念することにした。

孝太が着物を脱ぎはじめると、雪江も帯を解き、背を向けて着物と腰巻を取り去りはじめた。

衣擦《きぬず》れの音とともに、みるみる十七歳の白い肌が露わになっていった。

彼は先に下帯まで取り去り、全裸になって布団《ふとん》に仰向けになった。やがて腰巻まで取り去った雪江が、半襦袢《じゅばん》一枚になって振り返ったので、彼はそれも脱がせて一糸まとわぬ姿にさせた。

午後の陽が障子越しに明るく射し、均整の取れた健康的な肢体が、余すところなく照らし出された。

「どのようにすれば……」

雪江が、胸を隠しながら訊いてきた。どうやら最後と思い、どんな願いも叶えてくれそうな様子である。

「どうか、ここに立ってください……」

横たわったまま孝太が言うと、雪江はもじもじと恥じらいながら彼の枕元に立ち上がってくれた。

「足を顔に……」

「ええっ……？　そんなこと……」

孝太の願いに、雪江が文字通り尻込みして目を丸くした。

「お願いです。どうか最後と思って……」

懇願《こんがん》し、再三促《うなが》すと、ようやく彼女もその気になってくれたようだ。そろそろと片方の足を浮かせ、床の間の柱に手を突いてふらつく身体を支えた。

「こうですか……」

雪江が小さく言い、恐る恐る足裏を彼の顔に載せた。

孝太は、生温かな足裏の感触と温もりに、うっとりと力を抜き、一物だけは雄々《おお》しく張りきってきた。汗と脂《あぶら》にじっとり湿った指の股には、ほのかに蒸《む》れた匂いが籠《こ》もっていた。

彼は足裏を舐《な》めはじめ、爪先《つまさき》にもしゃぶりついて指の間に舌を割り込ませた。どうにも、美女の足の裏は必ず舐めなければ気が済まない場所になっていた。

「アアッ……！」

雪江が声を上げ、思わずぎゅっと彼の顔に体重をかけてきた。

やがてしゃぶり尽くすと足を交代してもらい、また彼は新鮮な味と匂《にお》いを堪能し、さらに彼女には顔を跨《また》いでもらった。

「ああ……、恥ずかしい……。真下から見られるなんて……」

雪江が声を震わせ、膝《ひざ》をがくがくさせた。

孝太からの眺めは最高だった。

顔の左右で足を踏ん張り、健康的な脚がにょっきりと上へ伸び、真上の陰戸も丸見えになっている。白く張りつめた下腹の波打ちもはっきり分かり、さらに形良い乳房の谷間の向こうで可憐な顔が喘《あえ》いでいた。

「どうか、しゃがんで……」

言うと、雪江はゆっくりと腰を落としてきた。脹《ふく》脛《はぎ》と太腿が、さらに量感を増してむっちりと張った。そして、いつしかネットリと蜜汁の溢《あふ》れ出た割れ目が鼻先に迫り、うっすらと淫水の生臭い匂いを含んだ熱気と湿り気が、心地よく顔に吹き付けてきた。

孝太が両手で腰を抱えて引き寄せ、柔らかな茂みに鼻を埋め込むと、汗とゆばりの混じり合った匂いが馥郁《ふくいく》と鼻腔《びこう》を刺激してきた。

彼は大好きな雪江の体臭で胸を満たしながら、割れ目を舐めはじめた。すると舌を伝い、生温かく淡い酸味を含んだ蜜汁が、ぬらぬらと口に滴《したた》ってきた。

自分が仰向けだから割れ目に唾液が溜《た》まらず、純粋に分泌される淫水だけ味わえるのが嬉《うれ》しかった。

膣口周辺に入り組む細かな襞《ひだ》を掻《か》き回し、滑らかな柔肉をたどって、ツンと突き立ったオサネまで舐め上げていくと、

「アアッ……！」

雪江が目を閉じて熱く喘いだ。いかに心は新造という壁を作っていても、肉体の方は正直に反応してしまうのだろう。

孝太はオサネを舐め回し、上唇で包皮をめくり、小さな突起に吸い付いた。

さらに白く丸い尻の下に潜り込み、両の親指でぐいっと谷間を開いた。そして奥でひっそり閉じられた薄桃色の蕾《つぼみ》に鼻を埋め込み、秘めやかな匂いを嗅《か》いだ。さらに舌先でくすぐるように襞を舐め、内部にも潜り込ませて、ぬるっとした滑らかな粘膜まで味わった。

「く……、駄目、汚いのに……」

雪江が咎《とが》めるように言ったが、その声はかすれ、熱い喘ぎと混じっていた。

孝太は執拗《しつよう》に美少女の肛門を舐め回し、やがて再び移動して舌先をオサネに戻して

いった。

「ね、雪江さん。ゆばりを放って……」

「え……、そんなこと、出来ないわ……」

「どうか、ほんの少しでもいいから……」

彼が激しくせがむと、しなければ終わらないと思ったか、最後だから可哀想《かわいそう》と思ったか、雪江も次第に下腹に力を入れはじめてくれた。

そして割れ目内部を舐め続けるうち、淫水とは違う味わいが満ちてきた。

二

「アア……、出ちゃう、本当に……、いいの？　ああッ……！」

雪江が息を詰めて言い、とうとう緊張していた下腹を緩《ゆる》め、温かな水流をほとばしらせはじめた。

孝太は夢中になって口に受け、味わう余裕もないほど懸命に喉《のど》に流し込んだ。

昨夜の井戸端と違って仰向けだし、こぼすと布団が濡《ぬ》れてしまう。しかし雪江も相当なためらいを残しているから、少し出しては止めるという調子を繰り返してくれ、そのためたいそう飲みやすかった。

味と匂いは淡く、千乃も同じだったが、やはり武家も町人も、美女から出るものは実に上品で飲みやすいものだということが分かった。もっとも体調や溜まり具合によっても微妙に異なるのだろうが、美女から出たものと言うだけで孝太にはこの上ない美味なものに感じるのだろう。

「駄目よ……、こんなこと……」

雪江は切れ切れに言いながらも、完全に止めることが出来ず、小刻みながらとうとう最後まで出し切ってしまった。

孝太も全て飲み干し、ようやく味と香りを心ゆくまで楽しむことが出来た。

そして、まだ割れ目からポタポタと滴る雫《しずく》を舌に受けていたが、それに次第に蜜汁が混じり、つつーっと糸を引くようになってきた。

舌を這《は》わせ、余りをすすったが、すぐにゆばりの味は消え失せ、淫水の味わいとヌラつきが満ちていった。

「ああ……、もう堪忍……、変になってしまいそう……」

雪江が喘ぎながら言い、とうとう彼の顔から股間を引き離してしまった。

そして孝太が何も言わないうち、彼女は一物に屈《かが》み込み、仕返しするように激しくしゃぶりついてきたのだ。

「ああッ……、雪江さん……」

孝太は、激しい快感に喘ぎ、美少女の新造の口の中で、温かな唾液《だえき》にまみれながら最大限に膨張していった。

雪江も熱い息を彼の股間に籠もらせながら、張りつめた亀頭を舐め回し、舌先で先端を刺激しては滲《にじ》む粘液をすすってくれた。さらにふぐりにしゃぶりついて二つの睾丸を吸い、舌で転がし、袋全体を唾液に濡らしてから、今度は肉棒を喉の奥まで呑み込んでいった。

「く……」

孝太は全身が呑み込まれたような心地で呻《うめ》き、懸命に暴発を堪《こら》えながら快感を嚙《か》みしめた。

「雪江さん、こっちへ……」

いよいよ危うくなると孝太は言い、彼女の手を引っ張って茶臼の体勢にさせた。

彼女も素直に口を離し、孝太の股間に跨ってきた。そして幹に指を添えて先端を陰戸にあてがい、ゆっくりと腰を沈み込ませながら中に受け入れていった。

「アアッ……! き、気持ちいい……」

ぬるぬるっと根元まで貫《つらぬ》かれ、雪江が顔をのけぞらせて喘いだ。

孝太も心地よい摩擦に、果てそうになるのを堪えながら、完全に座り込んだ彼女の重みと温《ぬく》もりを股間に受け止めた。

雪江はぺたりと座り込んだまま、身を反らせて動かず、熱く濡れた柔肉できゅっきゅっと一物を締め上げてきた。

やがて孝太は抱き寄せ、顔を上げて潜り込み、桜色の初々《ういうい》しい乳首に吸い付いた。

今日も雪江は甘ったるい汗の匂いを馥郁と籠もらせ、彼は左右の乳首を吸い、腋《わき》の下にも顔を埋めた。

「あん……、くすぐったい……」

彼女が喘ぎ、身悶えながら腰をくねらせはじめた。溢れた蜜汁に、たちまち動きが滑らかになり、孝太も下からしがみついて股間を突き上げていった。

二人は本格的に腰を使い、雪江は股間をしゃくり上げるように突き上げて、肌全体をこすりつけてきた。

「アア……、いい……」

雪江が熱く喘ぎ、その可憐な唇を孝太は下から熱烈に求めた。どうしても、足裏から舐めはじめ、口吸いは最後になってしまった。

彼女も唇を重ねてくれ、舌をからめながら、かぐわしい吐息と生温かな唾液を与えてくれた。

孝太は甘酸っぱい果実臭の息で鼻腔を満たし、滑らかに蠢《うごめ》く彼女の舌を吸った。

「もっと出して、飲みたい……」

口を触れ合わせながら囁《ささや》くと、雪江は口移しに大量の唾液をとろとろと注ぎ込んでくれた。孝太は、ねっとりとして適度な粘り気のある唾液を味わった。ぷちぷちと弾《はじ》ける小泡の一つ一つにも、美少女の悩ましい芳香が含まれているようだった。

さらに彼は股間を突き上げ、艶《なまめ》かしい摩擦快感に高まりながら、雪江の口に鼻を押しつけた。

「アア……」

雪江も腰を使って快感に喘ぎながら、かぐわしい息を弾ませ、彼の鼻の穴も厭《いと》わず舐め回してくれた。

孝太は美少女の湿り気ある口の匂いで鼻腔を満たしながら、頬《ほお》も瞼《まぶた》もこすりつけると、彼女は満遍《まんべん》なく舐め回してくれ、たちまち彼の顔中は清らかな唾液にぬらぬらとまみれた。

「ああ……、いきそう。雪江さん、嘘でもいいから好きと言って……」

「好きです。嘘じゃありません……」

孝太が言うと、雪江も身悶えながら言ってくれた。もちろん好きでも、一緒にはなれないと言うことなのだ。

「有難う……、ああ、いく、雪江さん……！」

たちまち彼は宙に舞うような絶頂の快感に巻き込まれ、激しく股間を突き上げながら、ありったけの熱い精汁を内部に放った。

「アアッ……！　気持ちいい、いく……！」

噴出を感じ取った途端に、雪江も声を上ずらせ、がくんがくんと狂おしい痙攣《けいれん》を開始した。同時に膣内の収縮も最高潮になり、孝太は最後の一滴まで心地よく吸い出されてしまった。

「ああ……、気持ち良かった……」

孝太はうっとりと言いながら動きを止め、雪江の匂いと温もりに包まれながら力を抜いていった。雪江も徐々に柔肌の強《こわ》ばりを解いてゆき、遠慮なく彼に体重を預けてぐったりとなった。

彼は重みを感じながら、雪江の生温かな吐息と唾液の匂いを間近に嗅ぎ、うっとりと余韻を味わった。

やがて雪江が呼吸を整え、ゆっくりと股間を引き離してきた。

処理してくれようとしたので、それを止めさせて抱き寄せ、腕枕してもらった。

新造とはいえ、年下の美少女に甘えるのも妙に心地よかった。

「どうも有難う。無理ばかり言ってごめんなさい……」

孝太は言いながら彼女の胸に顔を埋め、甘ったるい匂いに包まれながら、熱い涙が溢れてくるのを堪えきれなかった。精汁は出し尽くしても、まだ水分が余っていたようだ。

「あ……、泣かないで、孝太さん……」

雪江は驚いたように言い、彼の顔を胸に抱きすくめ、頭や頬を優しく撫《な》で回してくれた。

「近所なのだから、また会えますからね」

「会えるでしょうか……」

「ええ、千乃様に呼ばれれば、私はいつでも行きますから」

雪江が宥《なだ》めるように言ってくれる。千乃が一緒なら、また淫《みだ》らな行為に及んでも応じてくれるのかも知れない。そこは、彼女なりに許される行為の範囲と限界があるのだろう。

孝太が甘えるように顔をすり寄せると、雪江は涙に濡れた彼の瞼と鼻の穴を舐め回してくれた。

いつまでも、こうしているわけにはいかない。

名残惜《なごりお》しいが、雪江が起き上がると彼も身を起こして下帯を着けた。そして互いに身繕《みづくろ》いを終えると、二人は階下に降りて金を払い、通行人がいないか注意しながら急いで待合いを出た。

孝太は、藤乃屋へ帰ってゆく雪江を見送り、自分は湯屋へと立ち寄った。

鼻の穴や顔中に残る、雪江の甘酸っぱい唾液の匂いも、惜しかったが風呂で洗い流してしまった。そして彼は雪江の淫水に濡れた一物も洗い、湯に浸かってから立花屋へと戻ったのだった。

三

「ゆうべ、井戸を使っていたでしょう。千乃様と」

夜、離れに園がやってきて言った。

もう夕餉《ゆうげ》も済み、あとは寝るだけとなった刻限だから、当然ながら園は淫らな意図を持って忍んできたのだ。

「ええ、寝汗をかいたというので、お世話しました」

「そう……」

園は頷き、すぐに納得してくれた。

井戸を使う音を微《かす》かに聞いただけで、姿を見たわけではないのだ。もっとも、見ようとしても井戸端には囲いがあったから無理だろう。

「千乃様の裸を見たのね。綺麗《きれい》だった？」

「ええ……、でも、武家も町人も変わりないと思いました」

「そうよね。作りが違うわけじゃないものね」

孝太が気遣って言うと、園も安心したように頷いて答えた。

「ね、どんなふうに洗ってあげたの。同じように私にもしてみて」

いきなり園が立ち上がって言い、くるくると帯を解いて寝巻きを脱ぎ去ってしまった。さらに腰巻まで取り、一糸まとわぬ姿になって背を向けた。

「はあ……、このように、濡らした手拭《てぬぐ》いで肩と背中をこすってあげて……」

孝太は言いながら、園の滑らかな肌に触れ、手で肩から背中、腰あたりまで撫で回した。

「そう……、もっと、同じようにしてみて……」

触れられた園が、びくりと肌を震わせて反応し、次第に甘く囁くような口調に変化しながら言った。

「大体、このようです……」

孝太は答え、背中のあちこちを軽く拭《ふ》く真似《まね》をし、時には尻の丸みや脇腹の方にも触れていった。

「あん……」

感じる部分に触れられると、園は小さく声を洩《も》らして敏感に肌をくねらせた。

後ろから覗《のぞ》き込むと、もう陰戸から溢れた大量の淫水が内腿までベットリと濡らしはじめているではないか。

「前の方は？」

「いいえ、千乃様は振り返ることなく、前の方は自分で拭いていました」

「そう……、そうよね。いかにお武家の奥方が、お前を下男のように扱おうとも、前まで見せることはしないわよね……」

園は言い、やがて振り返り、熱っぽい眼差《まなざ》しで孝太を見つめながら、彼の帯も解いて寝巻きを脱がせてきた。

やがて彼は下帯まで取り去られ、全裸になって布団に横たえられた。

「アア……、可愛い……。私は、千乃様がお前に何かしやしないかと気が気でなかった。これで、もう帰ってこなければ良いのだけれど……」

添い寝した園は言いながら、孝太を抱きすくめ、貪《むさぼ》るように唇を重ねてきた。

そして舌を伸ばし、彼の口の中を隅々まで舐め回した。

孝太も、熱く甘い息を感じながら舌をからめ、生温かく注がれてくるとろりとした唾液で喉を潤《うるお》した。

「ンン……」

園は熱く鼻を鳴らし、少しでも奥まで舐めようと口を押しつけてきた。

孝太も激しく勃起し、園にしがみつきながら滑らかな肌を撫で回した。

「ねえ、上になって、好きにして……」

園が唇を離して言い、仰向けになった。見事に豊かな乳房が息づき、甘ったるい汗の匂いが馥郁と立ち昇った。

彼は上になり、濃く色づいた乳首に吸い付き、顔中を膨《ふく》らみに押しつけながら舌を動かした。

「アア……、気持ちいい。もっと強く……」

園は激しく喘ぎながら熟れ肌を波打たせ、彼の顔を胸に搔《か》き抱いてきた。

孝太はもう片方の乳首にも吸い付いて充分に愛撫し、腋の下に顔を埋めて濃厚な体臭で胸を満たした。そして肌を舐め降り、下腹から豊かな腰、太腿から足首まで舌でたどり、足裏を舐めて指の股の匂いを嗅いだ。

「ああ……、いい気持ち……」

爪先にしゃぶりつくと、園はうっとりと力を抜いて喘いだ。

彼は充分に両足とも舐め尽くしてから、園の脚の間に腹這いになって顔を股間に迫らせていった。

まだ舐める前から、園は大きな期待に下腹を波打たせ、激しく喘いでいた。

孝太は顔を進め、黒々と艶のある茂みに鼻を埋め、悩ましい匂いを胸いっぱいに吸い込んでから、すっかり熱い蜜汁にまみれている陰戸に舌を這わせた。

ねっとりとした蜜汁が舌をぬめらせ、孝太は淡い酸味を味わいながら膣口を搔き回し、大きめのオサネに吸い付いていった。

「あうう……！　いいわ、もっと舐めて、いっぱい……」

園が口走り、量感ある内腿できつく彼の顔を締め付け、腰をガクガクと上下させながらせがんだ。

孝太はもがく腰を両手で抱えて押さえつけ、美女の匂いに酔いしれながら舌を蠢かせ続けた。さらに腰を浮かせ、他の女たちより最も豊満な尻の谷間に顔を押しつけ、秘めやかな匂いを味わってから、可憐な蕾に舌を這わせた。

そして彼女の前も後ろも充分に舐め回してから、彼は千乃にもしたように、左手の人差し指を肛門にズブリと押し込み、右手の指を膣口に潜り込ませ、それぞれを動かしながらオサネに吸い付いた。

「アアッ……！　いい……、もっと……」

園はよほど飢えているのか、何をしても気に入るようだ。

孝太は、肛門に入っていた指を出し入れするように動かし、膣内の指は天井を圧迫するように蠢かせた。そして上の歯で包皮を剝《む》き、舌先で弾くようにオサネを刺激すると、ちょうど歯と舌で嚙むような刺激が生じたのだろう。

「あう……、駄目、強すぎる……、いきそうだから、やめて……！」

園が声を上ずらせ、激しく腰をよじって言った。まだ早々と気を遣《や》ってしまうのが惜しいようだ。

孝太は舌を引っ込め、前後の穴に入っていた指をぬるっと引き抜いた。

すると園が身を起こし、入れ代わりに彼を仰向けにさせた。そして驚いたことに彼女は、真っ先に孝太の爪先にしゃぶりついてきたのである。

「ああ……、お嬢様……」

孝太は驚いたように息を詰め、妖しい快感に身悶えた。自分がする分には良いが、される側になると、申し訳ないような気持ちになった。

しかし園は厭《いと》わず、彼がしているように指の股に順々にぬるっと舌を割り込ませてきた。

「あう……」

そのたびに、甘美な震えが背筋を走り、温かな泥濘《ぬかるみ》でも踏んでいるような心地になった。園は全ての指をしゃぶり、充分に唾液にぬめらせてから、もう片方も同じように念入りに愛撫してくれた。

いざ自分がされると、実に心地よいものだった。

園はそのまま脚の内側を舐め上げ、時に内腿にきゅっと歯を食い込ませながら股間に迫ってきた。

「く……!」

熱い息と綺麗な歯を感じるたび、孝太は呻いてビクリと反応した。

園は彼の両脚を浮かせ、先に尻の谷間に舌を這わせてきた。

「アア……、気持ちいい……」

孝太は、うっとりと声を洩らし、舌先を肛門に感じながら身悶えた。

園と違い、孝太は湯屋に行っているから多少は気が楽だった。彼女は充分に舐め回し、ぬるっと浅く舌を潜り込ませてくれた。それを肛門で締め付けるのは、何とも贅《ぜい》沢《たく》な快感だった。

彼女は内部でチロチロと舌を蠢かせてから、ようやく彼の脚を下ろし、そのままふぐりにしゃぶりついてきた。大きく開いた口で袋を呑み込み、優しく吸いながら二つの睾丸を舌で転がした。

「あう……」

たまに強く吸われるたび、孝太はゾクリと震えを走らせて呻いた。

ふぐりを舐め尽くすと、彼女はようやく肉棒の裏側を舌先でたどり、先端に来ると鈴口を舐め、滲む粘液をすってくれた。さらに亀頭を丁寧《ていねい》に舐め回し、丸く開いた口でスッポリと喉の奥まで呑み込み、温かく濡れた口の中を締め付けてちゅっと吸いついた。

「アア……」

孝太は快感に喘ぎ、園の口の中で、滑らかな舌に翻弄《ほんろう》されながらひくひくと一物を震わせた。

「で、出ちゃう……」

やがて彼が危うくなって口走ると、園はすぽんと口を引き離した。やはり一つになって、ともに気を遣りたいのだろう。

するといきなり、園は立ち上がり、二人の帯を結んで繫《つな》げ、真上にある太い梁《はり》に引っ掛けたのだ。

「何をするのです……」

「仰向けの時、これを見て思ったの。面白いことに使えるかも知れないと思って」

園は答え、輪にして吊した帯に両手で捕まって脚を引っかけ、輪に腰掛ける格好になった。

梁も帯もしっかりしているので、折れたり切れたりする心配もなさそうだった。まして奥方が泊まる部屋だから掃除も行き届き、太い梁の上から埃《ほこり》が落ちてくることもなかった。

園はぶら下がりながら腰を落として、真下から突き立っている肉棒に陰戸をあてがった。そして、注意深くゆっくりと腰を沈めて受け入れていったのだ。

「アアッ……！」

挿入されると、園が激しく喘いだ。

孝太も、実に不思議な気分だった。園が宙に浮いているため、股間に彼女の重みがかからず、一物だけが熱く濡れた柔肉に呑み込まれていったのだ。

やがて根元まで入り、互いの股間が触れ合った。

「あうう……、何て、気持ちいい……」

園は帯にぶら下がりながら喘ぎ、キュッキュッときつく締め付けてきた。

溢れる淫水が滴り、彼のふぐりから内腿までネットリと濡らしてきた。

やがて彼女は腰を上下させ、何とも心地よい肉襞の摩擦を与えてきたのだ。孝太も下から股間を突き上げ、動きを合わせて大きく抽送《ちゅうそう》していった。

さらに園は驚いたことに、帯に吊り下がりながら腰を回転させてきたのである。

「ああ……、いい……」

園は彼の一物に貫かれたままぐるぐると回り、帯がよじれて限界になると、今度はゆるやかに逆回転をはじめた。

孝太も実に妖しい快感に包まれ、何度も突き上がる暴発を堪えた。肉棒がひねられながら摩擦され、やはりこれは少しでも長く味わっていたい心地よさだった。

「アアッ……、い、いきそう……、気持ちいい……！」

園は回転しながら、大量の淫水を漏らし、その雫すら彼の股間を中心に円を描いて飛び散ってきた。

勢い余って抜けそうになるたび、孝太が股間を突き上げて保ち、やがて二人とも我慢できなくなってきた。

「い、いく……！」

園は口走ると同時に帯を解き放ち、彼の股間に本来の重みを掛けてきた。

そして茶臼の体勢になってガクガクと狂おしい痙攣を起こし、気を遣りながら園が身を重ねてくると、孝太も下から抱きすくめて股間を突き上げ、屈み込んで乳首に吸いついた。

「ああ……、もっと……」

園が絶頂に身悶えて喘ぎ、孝太も左右の乳首を交互に吸いながら甘ったるい体臭に包まれ、たちまち大きな絶頂を迎えていた。

「ク……！」

孝太は突き上がる大きな快感に呻き、園の唇を奪いながら熱い大量の精汁を勢いよく内部にほとばしらせた。

「ンンッ……！」

その噴出を感じ、駄目押しの快感を得たように園が呻き、ちぎれるほど強く彼の舌に吸い付いてきた。

彼は何度も股間を突き上げ、最後の一滴まで心おきなく出し尽くした。そして、なおも吸い付いてくる園の甘い唾液と吐息を存分に受け止めながら、快感の余韻に浸り込んでいった。

そして荒い呼吸の中で力を抜き、この梁に吊り下がる回転摩擦は、もし千乃が戻ってきたら試してみようと思った。だが、千乃は力が弱いだろうから、しっかり摑まっていられるか心配だった。

(でも……)

そう、このまま千乃が戻ってこない可能性もあるので、孝太は園の重みと温もりを感じながら、不安と寂しさに包まれるのだった。

四

「お召しにより、参上つかまつりました」

「ああ、堅苦しいことはよい。庭へ出ようか」

孝太が、喜多岡家からの使いで上屋敷に出向くと、藩主の正春が気さくに言って庭へ出た。少し歩くと、そこに四阿《あずまや》がある。

正春が座り、平伏《へいふく》しようとする孝太を彼は向かいに座らせた。

広い庭で、よく手入れされている。屋敷の奥向きに千乃がいるのだろう。

庭は人もおらず静かだが、一人だけ、警護の武士が少し離れた場所に片膝突いて待機していた。孝太が何か無礼でも働けば、いつでも斬り捨てるつもりだろうか。

よく見ると、その警護の武士は、どうやら女のようだった。

「ああ、あれは坂田《さかた》あざみという、当藩随一の剣の手練《てだ》れだ。顔は怖いが気にせぬように」

「いえ、怖いなど……、お美しゅうございます」

二人の会話が聞こえても、あざみは表情ひとつ変えず、微動だにしなかった。何やら庭の置物のような感じである。

「ときに千乃だが、やはり再びお前の店に厄介《やっかい》になるかも知れぬ」

「そ、そうなのですか……」

孝太は、少し心配し、多く期待した。

「ああ、以前よりは明るくなったが、どうにも余《よ》と二人きりになると不安が大きくなるようだ。いかに気遣おうとも、いや、それがかえっていけないのかも知れぬ」

不安ではなく不満ではないか、と孝太は言いたかったが、もちろん控えた。それが忌憚《きたん》なく言えるのは玄庵ぐらいのものだろう。

「また、今日から世話になって構わぬか。いや、もちろん立花屋伊助には相応の礼を持って頼み込む。だが、最も世話をかけるのはお前だから、先に言っておきたかったのだ」

「滅相も……、私の方は一向に構いませぬし、むしろ少しでもお役に立てれば嬉しゅうございます」

「左様か。ならば頼む。ただ、今回は、あのあざみを同行させたい。千乃は少々煙《けむ》たがっているが、本人のたっての願いでな」

正春に言われ、孝太は驚いてあざみの方を見た。彼女は、まだ同じ姿勢でいた。

「男と女の仲とは、何であろうかの」

正春が、秋晴れの空を仰ぎながらぽつりという。上空で、一羽のトンビが輪を描いていた。

「はあ、私にはまだ分かりかねますが、身近すぎず離れすぎず、と言うのが良いのかも知れません」

「ふむ、詳《くわ》しく申してみよ」

「身近すぎると淫気が湧《わ》かず、兄妹のような感覚になり、離れすぎると他のものに気が移ってしまいます。程よい隔たりがあると、常に新たな心根で接することが出来るのではないかと」

「ほう、なかなか頭が良いな」

「とんでもございません。玄庵先生の受け売りで、私にもまだ良く……」

「あはは、そうか、玄庵か。なるほど」

　正春は明るく笑って言い、やがて立ち上がった。

「では、夕刻にも千乃がゆく。その前に、じいの書状をもってあざみが先に行くので同行してくれ」

「承知いたしました」

　孝太が辞儀をすると、正春は屋敷へと戻り、控えているあざみに頷きかけた。

　そして孝太が門前に出て待っていると、やがて家老の手紙を携《たずさ》えたあざみが出てきた。長い髪を後ろで束《たば》ね、前髪がぱらりと額《ひたい》にかかっている。地味な着物に裁着《たっつけ》袴《ばかま》、大小を腰に帯びた男装。

　眉が濃く大柄で、実に颯爽《さっそう》とした女丈夫《じょじょうふ》だった。

あとで聞くと、あざみは二十歳の独《ひと》り者。彼女の祖先は山賊《さんぞく》上がりの坂田銀太郎《ぎんたろう》という赤鬼のような怪力の忠臣で、坂田家は代々藩主の側近として仕えていると言うことだった。

「坂田あざみ。では案内を頼む」

「孝太です。よろしくお願い致します」

孝太は頭を下げ、とにかく富士見町方面へとあざみを連れていった。

歩いている間、あざみはずっと無言だった。女だから少し後ろを歩いていたが、孝太の歩みの遅いのを苛立《いらだ》つふうもあり、何度か追い越そうとしてきた。

やがて立花屋に着き、まずは母屋であざみを伊助に引き合わせた。あざみは隙《すき》無く相応の礼を取り、家老の書状とともに淀《よど》みなく口上を述べた。

「承知いたしました。三度のお食事と、たまのお掃除以外、離れには立ち寄りませんので、お好きにお使いくださいませ。孝太も、どうか粗相の無いようにな」

伊助が言った。孝太が屋敷に呼ばれたときから、伊助もある程度千乃が戻ってくることを予想していたのだろう。

そして孝太とあざみは離れへと移動した。

あざみは、中に入る前に周囲を見聞し、賊の侵入経路や避難法など、多くの可能性を考慮しながら見回った。

「湯殿は」

「はい、井戸端の向こう。母屋の裏手になります」

言われて、孝太はあちこち説明して案内しながら、ようやく二人で中に入った。

刀架《かたなかけ》が無いので、あざみは大刀を部屋の隅に置き、孝太は全部で三組の寝具を用意し、自分だけ次の間に置いた。やはり、怖そうなあざみが一緒となると、もう千乃との同衾《どうきん》など無理になるだろう。

あざみは離れの内部もあちこち調べて廻ってから、やっと座敷に腰を降ろした。

「孝太、正直に申せ」

「はい、何でございましょう……」

「千乃様と、何かあったか」

「何かとは……」

「とぼけるな！」

あざみが声を上げ、いきなり彼の胸ぐらを摑んだ。

「わ……」

孝太は、彼女の片腕一本でグイと引き寄せられた。甘ったるく濃厚な汗の匂いとともに、あざみの美しくも凄味《すごみ》のある顔が近々と迫った。

「お屋敷に戻ってから、どうにも千乃様の様子がおかしい。お前が何か誑《たぶら》かしたのではないか」

「め、滅相も……」

孝太は言いながら、火のように熱く甘い息吹を顔に感じ、この鬼の娘のような美女に、どうされても構わないという気になってきてしまった。

五

「ど、どのように、おかしいのでしょうか……」

「気も漫《そぞ》ろで、すぐにもここへ帰りたいと仰っていた。さあ申せ。お前は、千乃様に何をした」

あざみは、今にも食いつくような勢いで近々と迫りながら言った。彼女の生温かな唾液の飛沫《しぶき》さえ顔に感じ、孝太は恐ろしいのに、股間をムズムズと怪しく疼《うず》かせてしまった。あざみの吐息は熱く湿り気を含み、野山の果実のように、甘酸っぱい中にも野趣《やしゅ》溢れる匂いが含まれていた。

「何と仰られても、私はただ千乃様の言いつけ通り、お話し相手になり、時には言われるまま井戸端で背中を拭いて差し上げたことぐらいです」

「孝太、お前は無垢《むく》か」

あざみが、彼の目の奥を覗き込むようにして訊いてきた。

「は、はい……」

孝太は頷いた。千乃と情交したなどとは、この恐ろしい女に言うわけにはいかなかった。それに雪江は新造だし、園も後家とは言え、この店の一人娘だから正直に言うには憚《はばか》りがあった。

「左様か……、私も、何も知らぬ……」

あざみが言い、ようやく彼の胸ぐらから手を離してくれた。

「え……、では、あざみ様も、まだ無垢……」

「私は剣一筋に生き、死ぬまで喜多岡家に仕えることに決めたのだ。我が家の跡継ぎは兄がいる」

「そうですか。では、失礼ながら淫気の方は……」

孝太は、叱られるのを覚悟しながら言ってみた。何やら急に、この恐ろしい女丈夫が可哀想《かわいそう》に思えてきたのである。

「淫気など、そのようなもの剣の修行で吹き飛ぶ！」

ほぼ、思った通りの答えが返ってきた。

「では、ご自身でいじって心地よくなったことは……」

「う……、なぜ私にばかり質問をする。こちらがお前に色々と訊いていたのだ！」

どうやら、自分でいじっての快感ぐらいは知っているようだった。そうなると孝太は、ますますあざみが可愛く思えてしまった。これも、三人の女を知った強みなのだろう。

「申し訳ありません。でも、お美しいのに勿体《もったい》ないと思ったものですから」

「なに……、お前は先ほども、殿の前で私を怖くはない、美しいと申していたな」

「はい……、正直に申し上げました」

「私は、美しいなどと言われたことはない。これでも以前は見合いの口もあったが、いざ相まみえると、悉《ことごと》く男は恐れをなして断わってきた。身の丈はそこらの男よりも大きな五尺六寸（約一七〇センチ）あり、乳房の膨らみもない」

「いいえ、お美しゅうございます。みなそれぞれの良さがあり、美しさとは内から出すものではなく、他が感じ取るものと思います」

「ふん、しゃら臭いことを……」

あざみは言いながらも、徐々に機嫌を直しはじめたようだ。忠義のあまり、千乃の不調を孝太が原因ではないかと思っていたようだが、なるほど、これだけ話せれば千乃の話し相手も務まり、その他のふしだらな行為などは無かったのではないかと思いはじめてくれたのかも知れない。

「そうか、ではお前は、私を女と認めるのだな」

「もちろんでございます」

「先ほど申した、勿体ないとはどういう事か」

「はい。女の方であるからには、女ならではの淫気を満たす悦《よろこ》びがあると聞きます。ご自身でいじってさえ心地よいのですから、男の、しかも指ではなく舌で舐められれば、ことのほか良いと思われますし、まして情交となれば、たいそうな快楽があると本に書かれておりました。感じるように身体が出来ているのに、それをしないというのは勿体ないと、そう申したのでございます」

「待て。舐めるとは……、そのようなことを本気で申しているのか……」

「はい。町人は誰も、ごく普通に行なうことと聞き及びます。お武家のことは存じませんが」

孝太は言いながら、自分の大胆さに感心していた。

恐ろしい武家女を相手に、こうも翻弄《ほんろう》するような言葉を連ね、徐々に淫らな世界へと足を踏み込ませているのである。

「舐めるとは、陰戸のことだな? そんな、ゆばりを放つところを……」

あざみが、信じられぬというふうに首を振りながら言った。

やはり武家は春本を目にすることもなく、まして堅物のあざみは芝居見物などもせず、ひたすら剣術道場と屋敷の警護のみに明け暮れていたのだろう。

その無垢は、実に愛すべきものがあった。

何やら孝太は、屁理屈《へりくつ》を並べて、自分を喰《く》おうとする鬼を丸め込んでいるような気になってきた。

「ゆばりばかりじゃありません。尻の穴も舐めます。そうすると女はこの上なく心地よいと聞きます。私も、好いた女が出来れば、そのようにするつもりです」

「お前は、私を女と認めたのだな。ならば、私が命じたら出来るのか」

あざみが目をきらきらさせ、ほんのり頰を染め、息を弾ませて言った。

「もちろんです。お望みであれば、私も陰戸がどのようなものか見たいし、お舐めしてみたいと思います」

孝太は、何やらすっかり思惑が図に当たり、徐々に勃起しながら言った。

「よし、調子に乗って妙なことをしたら許さぬぞ」

あざみは立ち上がって言った。

陰戸を舐める以上に妙なこととは何か分からないが、要するに彼女が望まぬ事は勝手にするなと言うのだろう。

「はい。何なりとお命じ下さいませ。その他のことは致しません」

孝太が言うとあざみは頷き、脇差も鞘《さや》ぐるみ抜いて部屋の隅に置き、袴の前紐《ひも》を解きはじめた。

いったん決めたとなると行動が早く、羞恥心《しゅうちしん》よりも思い切りの良さが前面に出て、脱ぐのを見ていても気持ち良かった。

孝太は、その間に床を敷き延べておいた。まだ、千乃が到着するにはだいぶ間があるだろう。

やがてあざみは袴を脱ぎ、端折《はしょ》っていた着物も下ろし、帯を解いて脱ぎはじめた。

脚は太く逞《たくま》しく、しかも体毛が濃くて実に野趣溢れ、孝太が初めて接する女の種類だった。

彼女は着物も脱ぎ去り、襦袢だけになった。そして男のように股間に巻いていた六尺褌《ふんどし》も解き放ち、すっかり下半身を露《あら》わにして仰向けになった。

初めてのことなら、なおさら羞恥心《しゅうち》も強いだろうが、あざみはそんな自分を戒《いまし》めるように表情を引き締め、何やら艶かしいことではなく、戦場に挑むように太い眉を険《けわ》しくさせていた。

とにかくあざみは、高貴でたおやかな千乃とも、可憐な町娘の雪江とも、気の強い後家である園とも違い、何と孝太にとって初めての生娘なのだった。

「では……」

孝太は激しく勃起しながら、彼女の下半身へとにじり寄った。

「待て。私が止めろと言ったら、すぐに止めるのだぞ。さもないと」

「わかりました。手討ちにされたら堪《たま》りませんので、何でも言うとおりに致します」

孝太は答えたが、まさか斬られるなどとは思っていない。物心ついてこの方、この江戸ではただの一度も無礼討ちなど行なわれていないのである。

「一つ、お聞きしたいのですが」

「なんだ……」

「ご自分でオサネをいじり、気を遣ったことはおありですか」

「オサネとは、陰戸にある豆のことだな。身体が浮かび上がるような、たいそう心地よくなったことはあるが、それが気を遣ると言うことだろう」

「はい、その通りです。では……」

孝太は、それだけ確認してから、大股開きになったあざみの股間に腹這い、顔を進めていった。すでに自分なりの絶頂を知っているなら、ちゃんと刺激に反応し、簡単に気を遣ることができるだろう。

やがて彼は身を進め、大柄な女丈夫の陰戸に目を凝《こ》らした。

今日も昼前は道場で過酷な稽古《けいこ》をしていたのだろう。肌はどこも汗ばみ、何とも甘ったるく濃厚な汗の匂いを発していた。

脛も腿も体毛が濃く、まさに鬼の娘でも相手にしているようだ。何しろ骨太で、肌の張りも逞しかった。恥毛も濃く密集し、割れ目からはみ出す花弁は、ねっとりとした大量の蜜汁に潤っていた。

やはり、会話しているうちから淫気が高まり、すっかり淫水が溢れているようだった。淫気は、剣の修行で抑えられるものではない。むしろ日々身体を動かし、健康的にしているからこそ淫気も旺盛《おうせい》になり、代謝《たいしゃ》も良いから濡れやすくなってしまうのだろう。

そして思わず孝太がごくりと生唾《なまつば》を飲んで目を凝らしたのは、指で陰唇を開いて見るまでもなく、何とも大きなオサネが、男の亀頭の形をして光沢を放ち、こちらに突き出ていることだった。

これは幼児の一物ぐらいはあり、孝太は激しい興奮に見舞われた。

そして彼は顔を寄せ、柔らかな茂みに鼻を埋め込んだ。そして甘ったるい汗の匂いで胸を満たしながら、濡れた陰戸に舌を這わせていった。

第五章　女武芸者の淫《みだ》ら好奇心

一

「ああッ……！　孝太、本当に舐《な》めているのか……」

あざみが声を上ずらせ、逞《たくま》しく張りつめた内腿《うちもも》で、きつく孝太の顔を締め付けてきた。彼は無垢《むく》な膣口周辺に入り組む襞《ひだ》を舐め回し、ねっとりと熱く溢《あふ》れてくる蜜汁をすすった。

匂いも味わいも濃く、その刺激が激しく一物に伝わってきた。

「い、嫌な匂いはしないか……」

「はい、良い匂いです、とっても」

「よ、良い匂いのわけがない。稽古《けいこ》のあとも、そこは拭いていないのに……」

あざみが、筋肉の浮かぶ腹を波打たせて言った。

孝太は柔肉をたどり、指の先ほどもある何とも大きなオサネに吸い付いていった。

「あう!」

あざみは息を呑み、びくっと全身を硬直させた。やはり、自分の指よりはだいぶ心地よいようだった。

孝太は腰を抱え込み、舌先で弾《はじ》くようにオサネを舐めた。そして唇で挟み付けるように吸い付き、さらに自分が肉棒をしゃぶられるように顔を前後させ、すぽすぽと唾液に濡れた口で摩擦《まさつ》してやった。

「アア……、何て、心地よい……。溶けてしまいそう……」

あざみが激しく身悶《みもだ》え、顔をのけぞらせて喘《あえ》いだ。

やはり自分の指では愛撫にも限界があり、舐めたり吸ったりするなら人にしてもらうしかないのだ。

孝太も夢中になって口と舌で濃厚な愛撫を続け、あざみの濃い体臭に酔いしれた。

さらに彼女の脚を浮かせ、引き締まった尻を突き出させた。

指でむっちりと谷間を開くと、薄桃色の蕾《つぼみ》がきゅっと閉じられていた。そして顔を寄せると、決して人目に触れることの無かった蕾が、初めて羞《は》じらうようにひくひくと震えた。

鼻を埋めると秘めやかな匂いが鼻腔《びこう》を刺激し、舌を這《は》わせると細かな襞が磯巾着《いそぎんちゃく》のように収縮した。

舌を這わせると蕾がわななき、彼女は浮かせた脚をもがかせた。

「アア……、莫迦《ばか》……、汚い……」

あざみは声を震わせて言い、それでも拒まず、脚を抱えてじっとしていた。

孝太は心ゆくまで美人武芸者の肛門を舐め、充分に濡らしてから内部にも潜り込ませ、ぬるっとした滑らかな粘膜を味わった。そこは甘苦いような微妙な味覚があり、さらに陰戸からは新たな蜜汁が湧き出てきた。

彼は充分に舐めてからあざみの脚を下ろし、再び蜜汁をすすって割れ目を舐めた。

透明だった淫水は、膣口周辺のみ白っぽく濁《にご》って粘《ねば》つき、酸味が増していた。

孝太はぬめりをすくい取りながらオサネを舐め回し、再び吸い付きながら指を生《き》娘《むすめ》の膣口に潜り込ませていった。

「あうう……！　孝太、何をしている……」

あざみが譫言《うわごと》のように頼りない声で言い、挿入された彼の指を締め付けてきた。

自分で指を入れたことはないのだろう。そして股間を見ていないから、何をされ、これが何の感覚なのかも判然としなくなっているようだ。

彼は指の腹で天井の膨らみをこすり、なおもオサネを舐め、吸い続けた。

「き、気持ちいい……、身体が浮かぶ。ああーッ……!」

たちまちあざみは、腰を跳ね上げながら声を絞り出し、身を反らせて痙攣《けいれん》した。そして完全に気を遣《や》りながら、大量の蜜汁をぴゅっぴゅっと射精するようにほとばしらせたのだった。

孝太は彼女が静かになるまでオサネを舐め回して吸い、指を出し入れするように動かし続けていた。

「く……」

あざみは硬直を解いてぐったりとなり、ようやく彼が指を抜くと短く呻《うめ》いた。

孝太は身を起こし、すっかり満足して力を抜いた女武芸者を見下ろした。まさに、剣術使いの手練《てだ》れを指と舌だけで倒したようなものだ。

彼はあざみの足の方へ行き、派手な柄の足袋《たび》を脱がせ、大きな足の裏に顔を埋め込んだ。

足裏は道場の埃《ほこり》に黒ずみ、踵《かかと》も指の腹も硬く逞《たくま》しかった。指の股は、やはり汗と脂にじっとりと湿り、他の誰よりも濃厚に蒸れた匂いを籠もらせていた。

孝太は爪先をしゃぶり、指の股に舌を割り込ませて味わった。

「あう……、何をする……」

「済みません。どうしても舐めたかったものですから……」

「そのようなところより、こっちへ来い……」

あざみが言い、自ら襦袢《じゅばん》を脱ぎ去り、一糸まとわぬ姿になってしまった。

「お前も脱ぐのだ。全部」

「はい……」

彼女が横たわったまま言うと、孝太も手早く全て脱ぎ去った。するとあざみが彼の手を引き、添い寝させた。

腕枕されると、二の腕の筋肉が実に太くて硬かった。

目の前には、さすがに色白の乳房が息づいていたが、自分で言うだけあって膨らみは少ない。乳首も小粒で男のようだが、それでも乳輪は初々《ういうい》しい桜色をしていた。

そして目を惹《ひ》くのは、やはり腕と肩の筋肉、そして段々になって引き締まった腹の肉だった。

あざみはまだ熱い呼吸を繰り返し、孝太の顔中まで湿るほど甘い匂いで刺激してくれた。

「とても心地よかった……。だが、今さら知らぬ世界を覗《のぞ》くのは怖い。お前は、女の扱いに慣れているのではないか。無垢《むく》というのは嘘だろう……」

あざみが息を弾ませながら囁《ささや》いた。舐められて気を遣る快感は初めてでも、一芸に秀《ひい》でたものは、孝太が無垢でないことを見破っていた。

「いえ……」

「まあよい。今は突き止めぬ。それより陰戸や尻の穴を舐めるのは嫌ではないのか。まして今は、足の裏まで舐めた……」

「嫌ではありません。男から見れば、美しい女に汚いものはないからです。ここも、とっても良い匂い……。もし、お気に障《さわ》ったら叩いてください」

孝太は言いながら、あざみの腋《わき》の下に顔を埋め、汗に貼り付いた腋毛に鼻をこすりつけ、何とも甘ったるい体臭を嗅ぎながら腋の窪《くぼ》みに舌を這わせ、さらに大胆にも彼女の乳房に手を這わせたのだ。

「あッ……！」

あざみは声を上げ、びくりと肌を強ばらせるだけで、決して彼を咎《とが》めようとはしなかった。やはり、まだオサネへの刺激の余韻が残り、もう自分がどこで何をしているかも分からなくなっているのだろう。

孝太は充分に腋の匂いを嗅いでから顔を移動させ、甘えるように胸の膨らみに顔を埋め込み、小粒の乳首にチュッと吸い付いていった。

「あう……、孝太……！」

あざみが激しく身じろいで喘いだが、突き放すことはせず、かえって彼の顔を胸に抱きすくめてきた。

考えてみれば、忠義と剣術一筋に生きてきた女丈夫が、今日会ったばかりの町人と肌を重ねて淫《みだ》らな遊戯に耽《ふけ》っているのだ。あざみにしてみれば、自分でも予想のつかない運命であろう。

孝太は舌先でチロチロと小刻みに乳首を舐め回し、硬い弾力の膨らみに顔を押しつけた。そして軽く嚙むと、

「アア……、もっと強く……」

あざみが身を反らせてせがんだ。

過酷な修行を続けてきたから、痛みに強いのだろう。そして初めての刺激に、すっかり酔いしれているのかも知れない。孝太は充分に愛撫し、もう片方の乳首にも吸い付いて舌を使い、小刻みに嚙んで刺激してやった。

「ああ……、もう堪《たま》らない……」

あざみが喘ぎながら言い、やがて彼を仰向けにさせ、上からぴったりと唇を重ねてきた。彼も柔らかな唇の弾力と、かぐわしく熱い息を味わい、あまりに激しい眼差し

が眩《まぶ》しくて薄目になった。

「これは、私の陰戸の匂いか……」

あざみが口を離し、彼の鼻の頭や唇の周りに付着しているぬめりを嗅いで囁いた。

そしてもう一度唇を重ね、今度はぬるりと長い舌を潜り込ませてきた。孝太も受け入れ、美女の舌を吸い、クチュクチュと執拗《しつよう》にからみつけた。

孝太も滑《なめ》らかな美女の舌を舐め回し、注がれる生温かな唾液で喉を潤《うるお》した。あざみは気が済むまで味わってから、ようやく淫らに唾液の糸を引いて口を離した。

「まさか、町人と初めての口吸いをするとは……」

あざみは熱く囁き、やがて彼の全身を舐めるように見回した。

「このように立っているということは、私に淫気を覚えているのだな」

あざみが、きつい目で彼を見下ろして言った。

「は、はい。しかし裸の美女と一緒にいれば、男なら誰でも立ちます……」

孝太は答えたが、彼女もそれほど咎めているふうはなく、物珍しげに好奇の視線を注いできた。

「これが男のものか……、なるほど、これだけ硬く長くなれば、ちょうど入るのだろう……」

あざみは言いながら手を伸ばし、やんわりと握ってきた。

「アア……」

「心地よいのか……。私も、いじられたり舐められたりして、すっかり酔いしれてしまったが……、ではお前も、指より口の方が良いのだな……」

あざみは言い、指先で硬度や感触を確かめるように弄《もてあそ》びながら、とうとう屈《かが》み込んで舌を伸ばしてきた。

二

「ああ……、あざみ様……」

先端を舐められ、孝太は快感に喘いだ。さすがに武家とはいえ、男と同じ激しい稽古に明け暮れている彼女は、ためらいよりは好奇心を優先させるようだ。

しかし気性の激しい彼女だから、何か気に障ったら嚙みちぎられるのではないかという不安も湧き、それがかえって興奮と快感を高めた。

あざみは、特に不味《まず》くもなかったのだろう。鈴口に舌を這わせ、滲《にじ》んでくる粘液を舐め取り、さらに張りつめた亀頭を舐め回してから、緊張に縮こまるふぐりにも指を這わせてきた。

「これが金的の急所か」

あざみは呟《つぶや》き、触れ方を急に優しくしてくれたので孝太はほっとした。

そして彼女は袋にも舌を這わせてくれ、確認するように二つの睾丸を舐め回し、熱い息を彼の股間に籠もらせた。

自分の陰戸を舐められたときは大きな衝撃だったようだが、自分がする分には抵抗もないらしい。それはおそらく、彼への愛撫のつもりではなく、あくまで自分の意志で味見しているようなものだからだろう。

ふぐりを舐め尽くすと、あざみは再び肉棒を舐め上げ、丸く開いた口ですっぽりと喉の奥まで呑み込んできた。

「アア……、気持ちいい……」

孝太は腰をよじって快感に喘ぎ、温かく濡れた美女の口腔で幹を震わせた。

あざみも上気した頰をすぼめて吸い付き、内部でもくちゅくちゅと舌を蠢《うごめ》かせてくれた。たちまち一物全体は、生娘の温かな唾液にまみれた。

「あ、あざみ様……、漏れてしまいます……」

彼が喘ぎながら言うと、あざみもすぽんと口を引き離した。

「なに、精汁が出そうなのか。ならば、私の中で試してみてくれ」

彼女は言い、再び仰向けになってきた。

孝太は身を起こし、良いのだろうか、と不安になりながらも、大きく開かれた彼女の股間に陣取《じんど》り、一物を押し進めていった。

先端を押し当てると、あざみがびくっと肌を強ばらせて身構えた。こんなに強そうでも、女としての初体験になると、やはり怖いのだろうか。

少々異例の相手かも知れないが、孝太にとっても初めての生娘なので、彼はじっくりと感触を味わいながら、ゆっくり挿入していった。

張りつめた亀頭が、初物の膣口を丸く押し広げ、ぬるぬるっと潜り込んでいった。

「く……！」

あざみが奥歯を噛みしめて小さく呻き、たちまち一物はぬめりに助けられて根元まで呑み込まれていった。さすがにきつい感じはするが、何しろ肉体そのものが大きいので、それほど抵抗があったようには思わなかった。

とにかく深々と貫いて股間を押しつけ、孝太は両脚を伸ばしてあざみの汗ばんだ肌に身を重ねていった。

すると、あざみが長身なので、孝太の顔はちょうど彼女の唇と乳首の間ぐらいに来た。だから少し屈めば乳首が吸え、少し伸び上がれば口吸いが出来た。

孝太は乳首を吸い、かぐわしく刺激的な息の匂いに誘われて唇も重ねた。さすがに膣口は狭く、きゅっと強い締め付けに見舞われ、内部の熱いほどの温もりも充分に伝わってきた。

「ああ……、奥が、熱い……、これが情交なのだな……」

あざみは初めての感覚を嚙みしめながら呟き、上に乗った孝太を両手で強く抱き寄せた。

「動いても、構いませんか……」

「ああ、好きにして良い」

あざみに言われ、孝太は様子を見ながら徐々に腰を突き動かしはじめた。

「アア……」

あざみが喘ぎ、何度も弓なりに身を反り返らせると、そのたびに孝太の全身ががくがくと上下に跳ね上がった。

「痛ければ止めますが」

「大事ない……」

言われて、さらに孝太は腰の動きに勢いをつけて律動《りつどう》した。狭い膣口と、内部の肉襞の摩擦が何とも心地よく、たちまち彼は絶頂を迫らせて高まった。

　あざみも、生娘とはいえ二十歳の年増ともなれば充分に肉体も成熟し、まして痛みに強い彼女は、それほど破瓜《はか》の痛みも感じないようだった。

　だから孝太も遠慮なく動くうち、あざみの悩ましい吐息と肌の温もりに包まれながら、あっという間に昇り詰めてしまった。

「ああッ……！」

　孝太は突き上がる快感に声を洩《も》らし、股間をぶつけるように動きながら、ありったけの熱い精汁を勢いよく内部にほとばしらせた。

「アア……、いま出しているのだな。私の中で、男が昇天したのだな……」

　あざみは譫言のように言いながら、彼の絶頂を感じ取り、まるで精汁を呑み込むように膣内を収縮させてきた。

　やがて孝太は最後の一滴まで出し尽くし、ようやく動きをゆるめていった。まさか生娘を相手に、こんなに乱暴に動いて良かったのかと、激情が過ぎ去ってから思ったものだった。

　大柄でがっちりしたあざみに遠慮なく体重を預け、孝太はかぐわしく野性的な美女の吐息を嗅ぎながら、うっとりと快感の余韻に浸り込んだ。何度か内部でピクンと幹を脈打たせると、膣内がきゅっときつく締め上げてきた。

「これが情交か……」

「大したことなかったですか……？」

「いや、心地よい。なぜもっと早くしなかったかと悔やまれるほどだ……」

あざみは、最初から痛みより快感を覚えたように答えた。

やがて孝太はそろそろと身を起こし、一物を引き抜いた。

そして懐紙で手早く一物を拭《ぬぐ》ってから、あざみの割れ目を拭いてやった。陰唇が僅《わず》かにめくれ、奥からは淫水混じりの精汁が逆流するだけで、やはり出血はしていなかった。

処理を終えると、孝太は再び添い寝した。

「入れたとき、痛くなかったですか」

「痛くはない。さすがに異物に侵入された感じはあったが、犯されるというより下の口で喰っている感じがした」

男っぽいあざみならではの意見だろう。

とにかく、痛がらないのは生娘としては異例で、結局まだ孝太は、本当の生娘を知らないに等しかった。

「なるほど、一度出すと柔らかくなるのだな。次はいつ出る」

あざみが手を伸ばし、満足げに萎《な》えかけている一物をいじりながら言った。

「ああ……、そんなふうにいじられると、すぐにも……」

「そうか、実は、精汁を飲んでみたい。お前は弱そうだが、男には違いない。それで男の力がもらえるような気がする……」

言われて、孝太はまた急激に興奮してきた。

あざみは元々男になりたくて、また剣の素質もあったからこのような生き方を選んだのだろう。その上、さらに強くなりたいと願い、霊液のような力の素《もと》を吸収したいのだろう。

今までも、そうした考えを持っていたのだろうが、やはり実行に至らなかったのは男と交われば、只《ただ》の女になってしまうという恐れがあったのかも知れない。

しかし今は、相手は行きずりの町人に過ぎないのだ。しかも一回してしまった以上このうえ何をしようと同じ事と思い、堰《せき》を切ったように今まで封印していた願望が頭をもたげたようだった。

それにしても、最初は千乃に何か悪さをしたのではないかと、挑《いど》みかかるように睨《にら》んでいたのに、今はすっかり欲望の対象として彼を見ていた。

こうした展開も、一つの縁と相性なのだろう。

「どうすれば出る？　吸い出せば良いか？」

あざみが一物を弄びながら言い、今にも顔を股間に移動させようとするので、孝太は押しとどめた。

「お待ちを、すぐには出ませんので、しばらくこのように……」

彼は言い、腕枕してもらいながら、腋に顔を埋めて濃厚な体臭を味わった。

口でしてもらうのは出る寸前で良く、回復するまでは彼女の匂いを味わっていたかった。

さらに孝太は、淡《あわ》い汗の味のする首筋を舐め上げ、唇を求めた。

あざみも心得、上になってぴったりと唇を重ねてきてくれた。そして舌をからめながら、その間も手を伸ばしてやわやわと肉棒を刺激してきた。何しろ大柄で手も長いので、どのような体勢になっても一物に触れてくれるのだ。

「唾《つば》を、もっと……」

「こうか……」

口を触れ合わせたまま囁くと、あざみも答えて、多くの唾液を注ぎ込んでくれた。

孝太は、生温かく小泡の多い粘液を味わい、甘美な興奮の中で喉を潤した。

「ああ、確かに硬く大きくなってきた。男とは、不思議なものだな……」

あざみは、手のひらの中ですっかり容積を増し、硬度を取り戻した一物をいじりながら囁き、さらに多くの唾液を飲ませてくれた。

孝太も次第に興奮を高め、あざみのかぐわしい口の中に鼻を押し込んで濃厚な刺激で胸を満たした。あざみは彼の鼻の穴も舐めてくれ、孝太は美女の唾液と吐息の匂いで彼の鼻腔を満たした。

「ああ……、気持ちいい……。あざみ様に、食べられていくようです……」

「本当に、喰ってしまいたい……、何と可愛《かわい》い……」

孝太が快感を高めて喘ぐと、あざみも熱く甘い息を弾ませて言い、さらに彼の顔中を犬のように長い舌で舐め回してくれた。

たちまち顔中が温かな唾液にまみれ、彼は甘酸っぱい匂いの中でうっとりと酔いしれた。

「そろそろ出そうか……」

「はい、お願い致します……」

言うと、あざみは身を起こし、顔を一物に迫らせた。そしてスッポリと喉の奥まで呑み込み、たっぷりと唾液を出してぬめらせてから頬をすぼめて吸い、執拗に舌を蠢かせてきた。

「アア……、いきそうです、すぐにも……」

孝太が喘ぎながら股間を突き上げると、あざみもそれに合わせて顔を上下させ、濡れた口ですぽすぽと濃厚な摩擦を開始してくれた。

「い、いく……、アアッ……！」

たちまち、溶けてしまいそうな快感に包み込まれ、彼は口走りながら二度目の絶頂に達してしまった。同時に、どくどくと熱い精汁が勢いよく噴出し、あざみの喉の奥を直撃した。

「ク……、ンン……」

彼女は鼻を鳴らし、こぼすまいと口を引き締めながら吸引を強めた。そのため、射精して美女の口を汚すと言うより、彼女の意志で吸い出され、貪《むさぼ》られている心地になった。

「ああ……、あざみ様……」

孝太は腰をよじり、最後の一滴まで出し尽くしてしまった。

そして彼が硬直を解くと、あざみは亀頭を含んだまま、口に溜まったものを喉に流し込んでいった。

あざみは何度かに分けて飲み干し、ようやく口を離し、なおもしごくように幹を握り、鈴口から滲んだ余りを丁寧に舐め取ってくれた。

舌で刺激されるたび、孝太は過敏に反応して腰をくねらせるのだった。

三

「奥方様。お待ち申し上げておりました」

夕刻、離れに千乃が戻ってくると、あざみが恭《うやうや》しく平伏して迎えた。

孝太も一緒になって頭を下げ、千乃の帰りを喜んだ。昼間、あざみの膣と口に、それぞれ一回射精したが、彼女と少し仮眠を取ったので、身体も淫気もすっかり回復していた。

もう千乃は屋敷で、あざみと孝太も早めの夕餉《ゆうげ》を済ませていた。

「孝太、また世話になります」

千乃はあざみに頷きかけ、孝太にも声をかけてきた。母屋の伊助にも、もう挨拶《あいさつ》は済ませ、乗り物も引き上げたようだ。

「やはり、お屋敷の方では……？」

「どうにも、ここにいれば何でもないことが、屋敷に戻るとどうにも身体と心が言うことを聞かなくなる……。あざみ、席を外してくれぬか。用があれば呼ぶので、それまでは決して入らぬように」

千乃が言う。

あざみは代々喜多岡家に仕えているが、嫁《か》して間もない千乃は、この忠義の女丈夫が苦手らしい。しかし今回は、正春や家老の言いつけで、付き添いをつけるという条件を呑まざるを得なかったようだ。

むろん正春や家老も、千乃と孝太との仲を疑ってのことではなく、やはり物騒《ぶっそう》な昨今であるから、無防備な町家に警護の一人も置かないというのを憚《はばか》ったのである。

「は……、では次の間に控《ひか》えております……」

あざみは折り目正しく答え、座敷を下がったものの、やはり除《の》け者にされた感は拭えず悲しげな表情をした。

あざみが出てゆき襖《ふすま》を閉めると、千乃が孝太を手招きした。

彼がにじり寄ると、千乃は顔を寄せ、孝太の耳に口を押し当てて囁いた。

「あざみがいると息苦しくて堪りません。追い返したいがそうもいきません」

熱く湿り気ある囁きに、孝太は肩をすくめて感じてしまった。

「はい、どうかご辛抱《しんぼう》を……」

孝太も、千乃の耳に口を当てて囁いた。懐かしい髪の香りと、甘酸っぱい息が感じられた。

「殿とは情交したのですが、その前から陰戸をいじって濡らしておきました」

「では、もう痛みはなく良かったのでは?」

「それなりに心地よかったのだけれど……、しかし、やはり舐めてもらわぬと物足りませぬ……」

それは、無理な注文だった。正春も、そうしたいと思っても主君として出来ないのである。

「ねえ孝太……、着替えさせて……」

「はい、ただいま」

千乃が言って立ち上がったので、孝太は帯を解きはじめた。

すると、襖が開いてあざみが飛び込んできた。

「お待ち下さいませ。そうしたお世話は女の私が」

やはり彼女は、襖の陰から覗き見ていたようだ。

「入って良いとは申しておらぬ」

「申し訳ありません。しかし、みだりに男を近づけるのはどうかと」

あざみは言い、孝太を押しのけて自分が解きはじめた。

「お咎めは、いかようにもお受けいたします。腹を斬れと仰《おつしや》るならそのように致しますので、ここへご滞在中の間は私の思うようにさせてくださいませ」

「腹を斬るなど大仰《おおぎよう》な……」

千乃は鼻白む思いで呟き、仕方なくあざみに脱がせてもらった。

「孝太。出てお行き」

「良い。孝太にはいてほしい」

あざみが言うと、すぐさま千乃が言い、孝太は困ったが、とにかく格上の千乃の言いつけに従って、その場を離れなかった。

あざみも、昼間の情交ですっかり打ち解けたかと思ったが、やはり千乃が来ると、すっかり忠義の士に戻って孝太を睨み付けるようになっていた。

とにかくあざみは、千乃の着物を脱がせ、腰巻一枚にさせてから寝巻きを着せた。

なるべく孝太に千乃の肌を見せないようにしていたが、今宵《こよい》はどのような展開になるのか、彼は期待と不安に胸を震わせた。

まあ、あざみがいるのでは、結局何も出来ず、孝太のみ別室で寝ることになるかも知れない。

「そなたたちも寝巻きに着替えなさい」

「は……、私は警護役ですので、このまま」

あざみは脇差を帯びたまま、頑《かたく》なに言った。

「ずっと眠らぬというわけにもいかぬだろう。藩内随一の手練れならば、寝巻き姿でも万一に対応できるはず。そのなりでは私の心が安まらぬ」

千乃に言われると、やがてあざみも折れて脇差を抜いて置き、袴《はかま》と着物を脱ぎはじめた。孝太も脱ぎ、手早く寝巻きに着替えた。

「私は孝太とここで寝たいが、あざみは許さないのでしょうね。仕方がない。ここで三人で寝ることにしましょう。孝太、布団を」

千乃が、やりにくそうに言った。

「はい」

孝太は、すぐ隣の部屋から布団を運び、三組の床を敷き並べた。

「奥方様。お伺いしたいことがございます」

寝巻き姿になったあざみが端座し、意を決したように言った。

「何です」

って は、孝太を斬り捨てて自分も腹を斬るような覚悟だろうか。

あざみは眦《まなじり》を決し、主君の妻に対する無礼な質問に緊張していた。返答次第によっては、孝太を斬り捨てて自分も腹を斬るような覚悟だろうか。

孝太まで緊張し、胴震いしながら千乃の返事を待った。

「そのようなこと、話す謂《いわ》れはありません」

「では、やはり、何かあったのですね……」

あざみが、悲痛な顔で声を絞り出した。

「もしあったなら、何とするのです」

「奥方様に触れられるのは、殿だけと心得ます。確かに、孝太は家臣ではなく、快楽の道具のように扱う分には、認めざるを得ぬ部分があるかも知れませぬが、最後の一線だけは、どうにも承服いたしかねます……」

あざみは言い、息を詰めて今度は千乃の返答を待った。

「ああ、いちいち喧《やかま》しい。一線は超えておらぬ。些細《ささい》な戯《たわむ》れぐらい咎めるな」

千乃は嘘を言い、あざみもやや肩の力を抜いた。

「本当でございますか。ならば安堵《あんど》いたしました」

「今宵からそなたも一緒なのだから、よく監視するがよい。とにかく横になる」

千乃は言い、真ん中の布団に仰向けになった。

「孝太、こちらへ」

そして千乃は、居直ったように孝太を右側に呼び、添い寝した彼に腕枕してしまった。あざみは何か言いたげにしていたが、子犬でも愛玩《あいがん》していると諦めたか、小さく嘆息して反対側の床に横たわった。

四

「あざみ」

千乃が、孝太を胸に抱きながら声をかけた。孝太は、甘ったるい体臭と、甘酸っぱい息に酔いしれながら、激しく勃起していた。

「はい！　何でございましょう」

あざみが、弾かれたように身を起こした。

「こちら側へ。孝太を挟むように」

「は……」

千乃の意図が分からぬまま、あざみはこちら側へと移動してきた。そして横になると、孝太は二人の温もりに包まれた。

昼間の情事のあと、あざみは井戸端で軽く股間を洗っただけで、身体全体の芳香は消えていなかった。千乃は、おそらく屋敷での夕餉の前に入浴したのだろう。

「あざみ。そなたは無垢ですか」

千乃が、孝太の頭越しにあざみに訊いた。

「はい。無垢でございます」

あざみは、千乃と同じく、きっぱりと嘘を言った。武家でも、やはり悶着《もんちやく》を避けるための嘘は罷《まか》り通るのだなと、孝太は二人の間で思った。

「ならば、男に乳を吸われる心地よさも知らぬのであろう。孝太、吸っておやり」

言われて、孝太は千乃の胸から寝返りを打ち、あざみに顔を寄せた。

「お、奥方様……、これは、どういうことでしょうか……」

あざみは、激しくうろたえながら言った。

「いちいち聞き返さず、私の言うとおりに。さあ孝太」

千乃が言い、孝太は目の前にあるあざみの胸元を開き、うっすらと汗ばんだ乳房を露出させた。そして顔を寄せ、ちゅっと吸い付くと、あざみの逞しい身体がびくりと震えた。

「あぁッ……！」

彼女は声を上げ、昼間に二人きりで行なったとき以上の反応を示した。

孝太は、あざみの刺激的に甘い吐息を嗅ぎながら、舌で小粒の乳首を転がし、顔を押しつけて吸った。そしてコリコリと硬くなってきた乳首を、そっと前歯で挟み、軽く噛んでやった。

「あうう……、孝太、どうか、もう堪忍《かんにん》……」

あざみが喘ぎ、孝太は見なくても彼女が激しく濡れはじめていることが分かった。

「あざみ、心地よいであろう」

「は、はい……」

「ならば、そうした心地よさを、私が得たがってもやむを得まい。孝太、今度は私にお願い」

千乃が言い、孝太はあざみの乳首を離れ、再び寝返りを打った。千乃はすでに胸元を大きくはだけ、形良い乳房を露《あら》わにしていた。

孝太はそちらにも吸い付き、柔らかな膨らみに顔を埋め込んだ。

「アア……、何と心地よい……」

千乃はうっとりと喘ぎ、彼の顔を優しく胸に抱きすくめた。

膨らみを通して忙しげな鼓動が伝わり、千乃も相当に濡れていることが分かった。

最初は、あざみの存在が煩《わずら》わしかったらしい千乃も、今はかえって三人でするのが刺激になっているようだ。それに、すでに千乃は孝太と雪江との三人も経験しているのである。

孝太は、千乃の色づいた乳首を舌先で弾き、甘酸っぱい上品な息の匂いに酔いしれながら夢中で吸った。

「孝太、もう良い。あざみ、このように、男に舐められるとたいそう心地よくなることが分かったか。では、陰戸を舐めてもらっても構わぬな」

「そ、そのような……、人の前で奥方様が股を開くなど、私は承服いたしかねます」

あざみが目を丸くして言った。しかし内心は、すでに舐められる快感を知っているので、複雑な気持ちだっただろう。

「ならば、足ならば良いか？」

「は……、しかし、町人とはいえ、犬のような真似をさせるのはどうかと……」

「むろん、孝太が嫌がれば無理強いはせぬ。いかがですか、孝太」

千乃に言われ、孝太は嬉々《きき》として彼女の足元に顔を移動させた。

「待て、先にあざみにしてあげなさい」

千乃が言うと、あざみはまたびくりと身を震わせた。

孝太は、あざみの爪先に鼻を当て、ほのかに蒸れた匂いを嗅ぎながら足裏に舌を這わせた。やはり井戸端で股間を洗い流したとき、足も綺麗にされてしまったので匂いは薄かった。

しかし相当な緊張により、指の股はじっとりと湿り気を帯びていた。

孝太は足裏を満遍《まんべん》なく舐めてやり、爪先にもしゃぶり付き、順々に指の間に舌を潜り込ませていった。

「アア……、孝太、やめて……」

あざみが声を震わせて喘ぎ、何度も足を引っ込めようとした。

「心地よいでしょう。足を舐めてもらうなど、済まないと思う気持ちが、いっそう心地よさとなるのです」

千乃が半身を起こし、あざみの乳房に触れながら言った。

「あッ！　何をなさいます……」

あざみが驚き、身を強ばらせて言った。

「じっとして。二人がかりで気持ち良くされれば、そなたの硬い頭もほぐれ、私の気持ちも分かってもらえるでしょう。さあ孝太、あざみの陰戸も」

千乃は言い、あざみの乳首を弄び、さらに屈み込んでチュッと吸い付いてしまった。

「ヒッ……!」

あざみが息を呑み、全身を凍《こお》り付かせた。

「お、おやめくださいませ……」

「動かぬように。私の思いのままにするので、これも忠義と思って耐えよ」

「わ、私の忠義は、このような形のものでは……、アアッ……!」

あざみは、女同士で乳首を吸われ、激しく乱れた。千乃も、実に大胆なことをすると孝太は感心し、あざみの脚の内側を舐め上げ、寝巻きの裾《すそ》を開いて大股開きにさせてしまった。

もちろんあざみは、たとえ素手だろうと二人を撥《は》ねのけるぐらいの力はあるだろうが、まさか奥方を突き放すわけにはいかず、じっと息を詰めていた。

孝太も、筋肉で硬く張りつめた内腿を舐め上げ、とうとう陰戸に達した。

割れ目は、孝太が想像していた以上に熱い蜜汁が溢れ出し、尻の方までネットリとぬめらせていたではないか。

だんだんと孝太は、武士というものが建て前と痩《や》せ我慢の世界だということが分かってきた。

彼はあざみの中心部に顔を埋め、柔らかな茂みに鼻をこすりつけながら割れ目に舌を這わせた。井戸で洗っても、恥毛の隅々《すみずみ》には新たな体臭が籠もりはじめ、彼の鼻腔を甘ったるく満たしてきた。

孝太は大量の蜜汁をすすり、生娘でなくなったばかりの膣口から、大きめのオサネまで舐め上げていくと、

「アアッ……！」

あざみが激しく声を上げ、身を弓なりに反らせて悶えた。

オサネに吸い付きながら目を上げると、千乃は完全にあざみの帯を解いて寝巻きを開き、左右の乳首を交互に吸っていた。そして千乃自身も帯を解き、たちまち一糸まとわぬ姿になってしまった。

孝太もオサネを舐めながら寝巻きを脱ぎ去り、さらにあざみの脚を浮かせて肛門にも舌を這わせた。残念ながら匂いは消えてしまったが、細かに震える襞を舐め回し、中にも潜り込ませて粘膜まで味わった。

そして充分に舐めてから彼女の脚を下ろすと、何とあざみの股間に千乃が顔を寄せてきた。

「まあ、何て大きなオサネ……、これはすごく感じるのでしょうね……」

千乃が割れ目を見つめて言い、指の腹でそっとオサネに触れた。

「あう！　ど、どうか、おやめください……」

あざみが、孝太のみならず同じ女の、しかも主君の奥方にまで恥ずかしい部分を見られて激しく声を上ずらせた。

「あざみ、舐められて、どれほど心地よいか分かりましたか」

「はい、もう充分に……。ですから、もう堪忍してくださいませ……」

「ならば、私も孝太に舐められてもよいな」

「はい……、交接さえお控えいただけますのならば……」

あざみは、二人の視線を感じながら腰を浮かせて悶えた。

孝太は、陰戸から発する悩ましい匂いと、頬を寄せ合う千乃の甘酸っぱい息の匂いに陶然《とうぜん》となった。

「あざみ、少しだけ舐めてみたい。女がどのような味か……」

千乃は言い、とうとうあざみの陰戸に顔を埋め込み、大きなオサネに舌を這わせてしまった。

「ヒイッ……！　い、今のは奥方様ですか……、いけません。どうか……」

あざみは激しく乱れ、今にも気を失いそうになりながら声をかすれさせた。

千乃も、別に抵抗感はなかったようで、ちろちろとオサネを舐め、溢れる蜜汁をすすった。

「なるほど、私の淫水もこのような味か？」

「はい、良く似てございます」

囁かれ、孝太も答えた。

さらに千乃は、もう少しオサネを舐め回し、すっかりあざみがぐったりと身を投げ出してしまってから、再び元の位置に戻って仰向けになった。

五

「さあ孝太。今度は私に……」

千乃に言われ、孝太は移動した。あざみは、もう魂《たましい》を吹き飛ばしてしまったように四肢《しし》を投げ出し、ただ荒い呼吸を繰り返して放心するばかりだった。

孝太は千乃の足裏と爪先を舐め、滑らかな脚を舐め上げながら股間に顔を寄せていった。

千乃も、期待に息を弾ませて自ら大股開きになり、熱く濡れた陰戸を晒《さら》した。

孝太は柔らかな茂みに鼻を埋め、汗とゆばりの入り混じった悩ましい匂いで鼻腔を満たしながら、柔肉を舌で舐め回した。

「アア……、何と、心地よい……」

彼女は顔を反らせて喘ぎ、内腿でむっちりと彼の顔を締め付けてきた。

孝太は淡い酸味の淫水をすすりながら膣口からオサネを舐め、もちろん脚を浮かせて可憐な蕾も舐めた。

残念ながら匂いはなく、彼は内部にも舌を潜らせて蠢かせ、前も後ろも充分に舐め回した。千乃は、のけぞったまま何度かヒクヒクと痙攣し、小さな絶頂の波を味わっているようだった。

「い、入れて……、孝太……」

充分すぎるほど準備が整うと、千乃が口走った。

「い、いけません……、そればかりは……」

息を吹き返したあざみが、のろのろと身を起こして言った。

「どうか、おやめくださいませ……」

「あざみ、ならばこうしよう。孝太に入れてもらい、私は気を遣る。そのあと、孝太

は お前の中で果てる。それならば、私の中に入るのは殿の子種だけ」

千乃は言い、孝太の手を引いた。

朦朧《もうろう》となっているあざみも、それ以上何も言わず、再び横になって成り行きを見守った。

孝太は股間を押し進め、先端を千乃の陰戸に当てた。

「よいですか、孝太。決して私の中では果てず、残りはあざみに上げなさい。もし漏らしたら、お前はあざみに斬られますからね」

千乃がからかうように言い、孝太は頷きながら一気にぬるぬるっと根元まで挿入していった。

「アアッ……！」

千乃が顔をのけぞらせて喘ぎ、身を重ねてきた孝太に下からしがみついた。

孝太も、熱く濡れた心地よい肉襞の摩擦に包まれながら、深々と貫いて互いの股間を密着させた。

とうとうしてしまったか、と、あざみが傍《かたわ》らから見つめていた。

孝太は温もりと感触を味わいながら、そろそろと腰を前後させた。大量の蜜汁が動きを滑らかにさせ、クチュクチュと湿った音を響かせた。

「ああ……、いい気持ち……、いきそう……」

すっかり高まった千乃は、すぐにも気を遣りそうに股間を突き上げ、彼の背に回した両手に力を込めて喘いだ。

孝太も息を弾ませ、柔肌に身を委ねながら腰の動きを速めた。

「孝太、漏らすなよ……」

いつしかあざみが身を起こし、怖い目で彼を睨んでいた。

彼は頷き、懸命に気を引き締めて律動を続けた。

「い、いく……、アアーッ……!」

たちまち千乃が声を上げ、彼を乗せたままガクガクと腰を跳ね上げて気を遣った。

膣内が艶《なまめ》かしい収縮を開始したが、孝太はそれも堪えて乗り越え、何とか漏らさずに済んだ。

やがて千乃が力を抜き、ぐったりと身を投げ出すと、やがて孝太はそろそろと股間を引き離した。そして千乃の蜜汁にたっぷり濡れた一物を構えると、いきなりあざみが彼を仰向けに横たえ、その股間に跨ってきた。

まだ二度目なのに、あざみも待ちきれなくなり、千乃の中で漏らさなかった安堵から、急激に淫気を高めたようだった。

彼女は一物に指を沿え、先端を自ら陰戸に押し当てて腰を沈み込ませてきた。屹立《きつりつ》した一物は、あざみの熱い淫水にまみれた膣口に、滑らかに根元まで呑み込まれていった。孝太は快感に奥歯を噛みしめ、千乃とは微妙に温もりと感触の違う柔肉を味わった。

「アアッ……！　き、気持ちいい……」

完全に座り込んだあざみが顔をのけぞらせ、彼の股間に重みを掛けながら喘いだ。

孝太が下から股間を突き上げると、彼女も身を重ね、彼の肩に腕を回して柔術の技のように押さえ込んできた。

大柄なあざみが上になると、下にいる孝太の姿はほとんど隠れてしまっただろう。

孝太があざみの唇を求めると、彼女も熱くかぐわしい息を籠もらせ、貪るように舌をからめてきた。

そして自らも腰を使い、粗相《そそう》したように大量の蜜汁を漏らしながら抽送《ちゅうそう》を続けた。

とても、さっき初体験を済ませ、これが二回目とは思えなかった。

荒い呼吸を繰り返していた千乃も、驚いたようにその様子を見て近づいてきた。

とにかく、あざみは自由に動ける茶臼（女上位）が気に入ったようだ。それに性格からして、上になる方が性に合っているのだろう。

「孝太……、いつでも出して、私の中にいっぱい……」

口を離して熱く囁き、あざみは動きを強めてきた。

すると千乃が横から顔を寄せ、孝太の唇を奪ってきた。そして彼女は、あざみの顔も抱き寄せ、三人でぬらぬらと舌を舐め合った。

「ンン……」

孝太は激しい快感に呻き、それぞれの舌を吸い、混じり合った唾液と吐息に激しく高まった。

左右の鼻の穴から、あざみの刺激的な吐息と千乃の甘酸っぱい芳香が侵入し、内部で混じり合った。さらに混合された生温かな唾液で喉を潤すと、もう我慢できず、彼は昇り詰めてしまった。

「く……！」

孝太は突き上がる快感を受け止めて呻き、激しく股間を突き上げながら熱い大量の精汁を内部に放った。

「あうう……、熱い……、何て気持ちいい……！」

あざみが口走り、きゅっきゅっと締め付けながら股間をこすりつけてきた。

この分では、次の回には本格的に気を遣ることだろう。

孝太は心おきなく最後の一滴まで出し尽くし、すっかり満足して動きを弱めていった。そして二人分の温もりと匂いを感じながら、うっとりと快感の余韻に浸り込んでいった。

「ああ……、良かった……、何やら身体が宙《ちゅう》を昇り、もう一歩で雲に届きそうな気がした……」

「ならば、気を遣るのも間もなくですね。何という物覚えの早さでしょう……」

あざみの言葉に、千乃が言った。

やがてあざみが股間を引き離し、孝太の上から身を離した。

すると、精汁と淫水にまみれた一物に千乃が顔を寄せたので、

「い、いけません……」

あざみも、慌てて孝太の股間に顔を寄せて言った。

「舐めてみたい」

「なりません。精汁と、私の淫水に濡れております」

「かまわぬ……」

「いいえ。どうしてもと仰るなら、先に私が……」

あざみが言い、先に一物にしゃぶりついた。そしてぬめりを舐め取り、吸い付きな

がら激しくしゃぶった。あざみは、二人の体液を千乃に舐めさせるよりは、自分の唾液の方がましと思ったのだろう。

「あうう……」

孝太は、射精直後で過敏になっている亀頭を刺激され、呻きながら腰をよじった。

全く自分の意志が無視され、女二人が囁きながら行動していることに、妖《あや》しい興奮を覚えた。結局自分は、武家女の快楽の道具として扱われているのだと思うと、それも良いと思えるのだ。

あざみは執拗に舌を這わせ、まだ余りの精汁の滲む鈴口も念入りに清めてくれた。

「もう良かろう。今度は私が」

千乃が言い、強引にあざみをどかせ、自分がしゃぶりついてきた。

膣内と同じく、口の中の温もりと感触も微妙に違い、孝太は強制的に回復させられていった。

「奥方様、まだ汚うございます……」

あざみが言い、また舌を伸ばしてきた。いつしか女二人が、一緒になって亀頭を舐め、頬を寄せ合ってふぐりをしゃぶったりした。

孝太は、混じり合った熱い息と唾液を股間に感じながら、むくむくと最大限に回復してしまった。

「ま、また出そうです……」

「ならぬ！　奥方様のお口を汚したら許さぬぞ」

孝太が警告を発すると、またあざみが怖い顔で言い、かえって彼は興奮を高めてしまった。

そして、なおも美女たちが競い合うように一物をしゃぶり、彼は限界を迫らせて身悶えるのだった。

第六章　恋の切なさ情交の快楽

一

「本当に、良いご身分だねえ。こないだは芝居で、今日はお能かい」

園が離れへ来て孝太に言った。千乃とあざみが、正春一行と能を観に行ったので、その間に掃除に来たのだ。

「はあ、でも立花屋にとっても、喜多岡様との交流は良いことと思いますので」

「そんなことは分かっているよ」

園は、少々不機嫌なようだ。

そして一通りの掃除を終えると、勝手に床を敷き延べ、帯を解きはじめたのだ。

すぐにも孝太と情交しようというのだろう。

何しろ夜は千乃たちがいるので、こうして二人が外出したときしか、園は孝太と接することが出来ないのである。

「ゆうべ、そっと覗《のぞ》いてしまったのさ」

「え……？」

「お前たち、三人でものすごいことをしているのだねえ。お武家といっても、奥方様も剣術使いも、すごい淫気じゃないか」

どうやら園は、本当に見てしまったようだ。

あざみも快楽に夢中で、覗かれる気配にも気づかなかったのだろう。

まあ、武芸者といっても、この泰平《たいへい》の世だから、講談《こうだん》や伝説にあるような神がかった達人などはおらず、結局、道場で対峙《たいじ》して決まり事の技が上か下かと言うだけのことなのかも知れない。働きもせず、年中稽古していれば上手くなるのも当たり前なのだろう。

それに比べれば、熟練の職人の方がずっと世の中のためになっている。

孝太も徐々に、武家への幻想が解き放たれてきたものだった。

それでも、もちろん一国の藩主の奥方を寝取っているという大それた緊張は、今も胸の中を大きく占めていた。

やがて園が白い肌を露出させていくと、孝太も帯を解いて手早く着物と下帯を取り去っていった。

「確かに、お武家さえ夢中になるほどお前は可愛《かわい》いし、ものも立派だよ」

園が、急に甘ったるい声になって言い、手を引いて一緒に布団に横たわった。

そして彼を仰向けにさせ、上から荒々しく唇を重ねてきた。

「ンン……」

彼女は熱く甘い息を弾ませ、舌を潜り込ませて孝太の口の中を舐め回した。

孝太はうっとりと酔いしれ、園の舌を吸い、注がれる唾液で喉を潤した。

やがて気が済むと、園は口を離し、彼に腕枕しながら乳首を含ませてきた。彼も吸い付き、柔らかな膨らみと甘ったるい汗の匂いを味わいながら、もう片方を揉《も》み、さらに下腹にも指を這わせた。

茂みを掻《か》き分け、中指を割れ目に添わせると、そこはもうネットリと熱い蜜汁が溢れ、指は滑らかに動いた。

「ああ……、いい気持ち……」

園が、豊かな乳房を彼の顔中に押しつけて喘《あえ》いだ。

「ねえ、お武家も濡れるんだろう？　味や匂いはどうなの。違うかい……？」

「お、同じです……、味も匂いも陰戸の形も、大体……」

孝太は口を離して答え、すぐにまた乳首に吸い付き、蜜汁に濡れた指の腹でオサネを探った。

「そうかい……、みんな、おんなじなんだね……」

園は言い、次第に激しく息を弾《はず》ませはじめた。

孝太は左右の乳首を交互に吸い、充分に舌で転がし、軽く歯で刺激した。そして腋の下にも顔を埋め、柔らかな腋毛に鼻をくすぐられながら、濃厚に甘ったるい汗の匂いを嗅いだ。

「アア……、お武家たちにしたのと、同じようにして……」

園は仰向けになって言い、熟《う》れ肌を投げ出してきた。

孝太は上になり、舌で肌を這い降り、臍《へそ》から下腹、腰へと移動していった。

どこに触れても園の肌はびくっと敏感に反応し、甘い匂いを揺らめかせた。

彼は太腿《ふともも》から脛《すね》へと降り、足首を摑《つか》んで浮かせ、足裏を舐めながら指の間に鼻をこすりつけた。今日も園の足は、買物や店の仕事で動き回り、充分に汗ばんで蒸れた匂いを籠もらせていた。

孝太はしゃぶり付き、ほんのりしょっぱい味と匂いが薄れるまで賞味した。

「ああッ……、くすぐったい……、もっと……」

園は声を震わせて喘ぎ、彼の口の中で唾液にまみれた爪先を縮めた。

孝太はもう片方もしゃぶって念入りに愛撫《あいぶ》し、やがて腹這いになって彼女の股間に顔を進めていった。

むっちりとして滑らかな内腿を舐め上げ、中心部に迫ると、濃厚な女臭を含んだ熱気と湿り気が顔に吹き付けてきた。茂みに鼻を埋め込むと、さらに悩ましい芳香が胸を満たし、彼は夢中になって舌を這い回らせた。

「アア……、いいわ、もっと舐めて……」

園は大胆に股間を突き出して喘ぎ、彼も豊かな腰を抱え込んで舌を蠢《うごめ》かせた。

溢れる蜜汁は淡い酸味で彼の舌を潤わせ、彼がオサネを舐め上げるたびに新たなぬめりが湧き出してきた。

もちろん彼女の両脚を浮かせ、白く豊満な尻の谷間にも鼻を押しつけ、可憐な蕾《つぼみ》に籠もる秘めやかな匂いを嗅ぎ、舌を這わせてから潜り込ませた。

「あう……、変な感じ……」

園は激しく喘ぎながら、潜り込んだ舌先を肛門で締め付けてきた。

充分に味わってから、彼は舌を引き抜き、再び割れ目を掻き回すように舐め、オサネに吸い付いた。

「ああッ……、気持ちいい……、早く入れて……。待って、先に舐めたい……」

彼女が朦朧《もうろう》となりながら口走り、快楽を中断して身を起こしてきた。

孝太が上下入れ替わって仰向けになると、園が彼の乳首を舐め、軽く嚙み、熱い息で愛撫しながら股間に迫ってきた。

そして幹を握《にぎ》って腹の方へ押しつけ、先にふぐりにしゃぶりついた。

「ああ……、お嬢様……」

孝太は快感に喘ぎ、舌で睾丸を転がされながらひくひくと肉棒を上下させた。

園は充分にふぐりを唾液にぬめらせてから、一物の裏側を舐め上げ、鈴口から滲《にじ》む粘液も丁寧にすすってくれた。

そして亀頭を舐め回し、喉の奥までスッポリと呑み込み、温かな口の中を引き締めて吸い付いた。内部では長い舌がからみつき、熱い息が恥毛をくすぐり、丸く締め付ける口がもぐもぐと蠢いた。

やがて彼の高まりを察すると、園はすぽんと口を離して身を起こし、そのまま一物に跨《またが》って交接してきた。もう帯を梁《はり》に渡して吊り下がる必要もなく、今はとにかく早く気を遣《や》りたいようだった。

たちまち肉棒がぬるぬるっと滑らかに柔肉の奥に没し、彼女は完全に座り込んで締め付けた。孝太は肉襞の摩擦《まさつ》に暴発を堪《こら》えながら息を詰め、園の温もりと感触の中で高まっていった。

「アアッ……！　いい、奥まで届く……」

園が顔をのけぞらせ、うっとりと言いながら腰をグリグリとこすりつけた。そして上体を起こしていられなくなり、やがて彼に身を重ねてきた。

孝太も下からしがみつき、密着する熟れ肌の感触を味わいながら股間を突き上げはじめた。

「あうう……、もっと強く、奥まで……」

彼女が耳元で熱く囁《ささや》き、互いの動きも本格的に激しくなっていった。

「い、いきそう……」

「駄目よ、待って、もう少し……、アア……」

孝太が弱音を吐くと、園は息を詰めて絶頂を計り、さらに腰をくねらせてきた。

大量に溢れる蜜汁が二人の股間をビショビショにさせ、下の布団までぐっしょりと濡らしてきた。

やがて園の動きが早まり、熟れ肌が硬直した。

「いく……、気持ちいい、ああーッ……！」

彼女が声を上げ、がくがくと狂おしく全身を波打たせた。同時に膣内の収縮も高まり、孝太は身体ごと吸い込まれそうな錯覚《さっかく》の中、彼女の絶頂に巻き込まれるように続いて昇り詰めていった。

「く……！」

突き上がる大きな快感に呻きながら、彼はありったけの熱い精汁を勢いよくほとばしらせた。

「アア……、熱い、感じる、もっと出して……」

園は喘ぎながら腰を動かし、彼の耳朶《みみたぶ》に嚙みついてきた。彼は駄目押しの快感と甘美な痛みの中、最後の一滴まで心おきなく絞《しぼ》り出した。

やがて突き上げる動きを弱めながら力を抜いていくと、園も全身の強《こわ》ばりを解き、ぐったりと彼に体重を預けてきた。孝太は重みと温もりに包まれ、かぐわしい吐息を間近に嗅ぎながら快感の余韻《よいん》を味わった。

「ああ……、良かった……」

園は満足げに呟《つぶや》き、いつまでも膣内を締め付けていた。孝太も幹を脈打たせ、彼女と一緒に荒い呼吸を繰り返した。

彼女は後家で五つ年上だが、このままいけば孝太が後釜《あとがま》の婿《むこ》に入ることになるのかも知れない。それならそれで良いし、あるいは他に縁があり、伊助の薦《すす》める見合いをするかも知れない。

孝太は余韻の中でそんなことを思い、どちらにしろ夢のような武家女との縁も、間もなく切れるだろうと予感した。

やがて園が呼吸を整えて股間を引き離し、甲斐甲斐《かいがい》しく懐紙で彼の一物を拭《ぬぐ》い、自分の処理も終えてから添い寝してきた。

二

「間もなく、殿が小田浜へと帰られる。そうしたら、やはり奥方としては留守を預かるため、上屋敷に戻らないとならないなあ」

玄庵が孝太に言った。

湯屋の帰り、ばったり玄庵に会ったので、また水茶屋に誘われて話していたのだ。

正春も、在府の期間を終え、近々国許《くにもと》へ帰るらしい。

「そうですか。千乃様は、もう大丈夫なのですか」

「ああ、殿との閨《ねや》の行為がなければ大丈夫だろう」

「なぜですか。あんなに優しくて良い殿様なのに」

「良い人過ぎるから、物足りぬ、ということもあるのだろうさ。そっと口吸いをして陰戸をいじったら、すぐ交接では、やはり奥方も不満が残るだろうなあ。もっとも、殿にあれこれしろと言うわけにもいかぬ」

　本当に、武家も高位になるほど大変なのだなと孝太は思った。

「まあ、だからこそ奥方は、自由に振る舞えるお前の方に惹《ひ》かれたのだろう。だがこれから、屋敷に招かれて行なうというのも難しいと思う」

「はい、私も大藩のお屋敷では気が気じゃありません」

「まあ、たまに外へ出る機会もあるだろうから、そうしたとき呼び出しに応じてくれれば良い。殿も帰参の前に、立花屋を大々的に売り込んでいるから、やがて御用達《ごようたし》になるだろう」

「ええ、先日もお城からの御使者がいらして、大奥女中のための小物を取引したいとお申し出がありました」

　孝太は答えた。確かに立花屋の品は評判で、新たに奉公人を増やして店構えも大きくするかも知れないという話にまでなっている。もちろん男は大奥に入れないから、その時は園が女中を従えて出向くことになろう。

　それもこれも、孝太が千乃と縁を持ったことと、情交で虜《とりこ》にしてしまったことが源だから、彼は何やら面映《おもは》ゆかった。

「とにかく、間もなく千乃様は屋敷へ帰る。それで、もう立花屋の離れへ戻ることはないだろう」

「はい。寂しいですが、それも仕方のないことです」

孝太は言い、やがて玄庵と別れて立花屋へと戻った。

そして千乃が夕餉《ゆうげ》を済ます間、あざみが給仕をし、孝太は母屋の厨《くりや》で手早く食事を終えた。

あざみも夕餉を終えると、孝太は膳《ぜん》を下げ、離れへ戻ってきた。

間もなく、すっかり短くなった秋の日が没しようとしていた。

孝太は床を敷き延べたが、二組で良いと言われた。

「は、三人分ではないのですか」

孝太が訝《いぶか》しげに訊くと、

「では、あざみ」

千乃が言い、あざみは大刀《たち》を引き寄せて座り直した。

「私は、今宵《こよい》はこれにて上屋敷へと戻ります。出立《しゅったつ》の仕度も多うございますれば」

あざみが言い、孝太は目を丸くした。

「仕度とは……？」

「私は、殿とともに小田浜へ発ちます」

「そうなのですか」

孝太は、少し寂しげに言った。もともと、あざみは主君の警護役であるから、正春が国許へ帰るなら同行するのが務めなのだった。

では、今夜は久々に孝太と千乃が二人きりになるということだ。彼は寂しい反面、妖《あや》しい期待に胸をときめかせた。

「では。いかい世話になり申した」

あざみは折り目正しく言い、千乃に深々と辞儀《じぎ》をして出て行った。

それを見送り、足音が遠ざかっていくと、千乃は小さく嘆息《たんそく》し、孝太に向き直った。

「明日、屋敷へ戻ります」

「はい。昼間玄庵先生にお目にかかり、伺いました」

「名残惜《なごりお》しいので、あざみには無理を言い、今宵は二人きりにさせてもらいました」

千乃が言い、やがて着物を脱いで寝巻きに着替えた。腰巻まで取り去ったので、すぐにも情交に移るつもりなのだろう。

孝太も、下帯まで解いて寝巻き姿になった。

「しかし、千乃様は江戸に居られるのですから、また何かのおりにお目にかかれましょう」

「ええ、外に出られるときは使いを出しますので、また会ってくださいませ」

千乃が言い、孝太は自分のようなものに会いたいと言ってもらえて胸がいっぱいになった。

しかし、考えてみれば大藩の藩主の奥方を寝取っているのだから、実に恐ろしいことである。もっとも千乃にしてみれば、いかに良い男で精力絶倫《ぜつりん》だろうとも、藩士の中から相手を選ぶわけにはいかないのだ。

やはり屋敷の中では人の目がありすぎるから、孝太ぐらい適度に家も身分も隔《へだ》たりがある方が良いのだろう。

やがて千乃が、ゆったりとした仕草で横たわった。そして帯を解いて引き抜き、着たばかりの寝巻きの胸元を開き、白く形良い乳房を露《あら》わにした。

孝太も寝巻きを脱ぎ去って全裸になり、互いの帯を結びつけ、真上の梁に渡してしっかりと輪にした。

「何をするのです」

「これに腰掛け、両手で摑《つか》まって頂くと、しゃがみ込むより楽かと思いまして」

「変わったことを……」

孝太の言葉に興味を覚えたか、千乃は身を起こし、乱れた寝巻きも脱ぎ去って一糸まとわぬ姿になった。そして輪になった帯に腰掛け、両手で握りしめた。

「これは楽です」

「はい。では私の顔の上へ」

孝太は言って、彼女の真下に仰向けになった。そして位置を合わせると、ちょうど舌が陰戸に届いた。

「アッ……！」

真下からオサネを舐められ、千乃がびくっと震えながら声を洩《も》らした。

やはり彼女も新鮮な快感があるようだった。孝太は割れ目に口を付けず、舌先だけを陰唇やオサネに触れさせて、微妙な舐め方で愛撫した。

「ああ……、何と、不思議な心地が……」

千乃は腰を浮かせながら、帯をギシギシいわせて身悶《みもだ》えはじめた。

そして、触れるか触れないかという感じでオサネを舐めていると、とうとう陰戸から大量の蜜汁が、つつーっと糸を引いて滴《したた》ってきた。

彼はそれを舌に受け、ねっとりとした味わいで喉を潤《うるお》した。

顔を上げ、柔らかな茂みに鼻を埋めると、今日も千乃の体臭がふっくらと生ぬるく籠もり、甘ったるい汗の匂いとほのかなゆばりの刺激が鼻腔《びこう》を掻き回してきた。

彼は何度も深呼吸して匂いを吸収しながら、次第に激しく舌を這わせてオサネを愛撫し、滴る蜜汁をすすった。

さらに尻の方にも顔をずらし、谷間から覗いている桃色の蕾に鼻を埋め、秘めやかな微香も味わった。

舌先で、細かな襞を舐め回し、充分に濡らしてから浅く潜り込ませると、

「あうう……」

千乃が小さく呻き、きゅっと肛門で彼の舌を締め付けてきた。

孝太は千乃の前も後ろも充分に舐めると、もう彼女は帯を握っていられず、今にも落ちそうになってしまった。

彼は身を起こし、いったん千乃を降ろして布団に寝かせた。そして添い寝しようとすると、彼女は自分から孝太の一物に顔を寄せてきた。

幹を握って先端に舌を這わせ、鈴口の粘液を舐め取ってから喉の奥まで深く呑み込んでいった。

「アア……」

孝太は快感に喘ぎ、一転して受け身になって彼女の愛撫に全てを任せた。

千乃は頬をすぼめて吸い付き、内部ではくちゅくちゅと舌を蠢《うごめ》かせ、たちまち一物全体を温かく清らかな唾液でぬめらせてくれた。

彼は股間を熱い息でくすぐられ、美女の口の中で最大限に勃起していった。

千乃は充分に舐めてから顔を上げ、何と、また帯に摑まったのだ。

「大丈夫ですか……」

「ええ、これに乗って交わってみたいです」

千乃が言うので、孝太も手伝い、再び輪になった帯に深く座らせた。

そして彼は仰向けになって位置を合わせ、下から屹立《きつりつ》した肉棒を突き上げ、陰戸に挿入していった。

「ああーッ……!」

根元まで入ると、千乃は激しく喘ぎ、自ら帯に摑まって股間を上下に動かした。

何とも艶《なまめ》かしい摩擦が孝太自身を刺激し、彼も急激に高まった。

すると千乃は、園がしたように身を回転させ、肉棒を膣内でひねるような摩擦も行なってきたのだ。帯がよじれると、また逆回転をし、それが繰り返された。

「アア……、気持ち良すぎて、怖い……！」

千乃は口走り、何度か肌を痙攣《けいれん》させては、溢れる淫水を周囲に飛び散らせた。

そして力尽きて落ちそうになると、孝太は両手を伸ばして彼女を抱き留め、帯を解き放った。それで正規の茶臼の体位になり、千乃は身を重ねてきた。

孝太はしがみついて股間を突き上げながら、千乃の唇を求めた。

「ンンッ……！」

彼女も熱く鼻を鳴らし、甘酸っぱい息を弾ませながら腰を使った。

「い、いく……、アアーッ……！」

たちまち千乃が声を上げ、ガクガクと本格的な痙攣を起こしはじめた。

続いて孝太も気を遣り、熱い大量の精汁を内部に勢いよく放ち、快感に身を震わせながら何度も股間を突き動かした。

「ああ……、溶ける……、孝太……」

やがて千乃は言いながら力尽き、ぐったりと覆《おお》いかぶさってきた。

最後の一滴まで出し尽くした孝太も、すっかり満足して動きを止め、美女の熱い吐息を感じながら、うっとりと快感の余韻に浸り込んでいった……。

三

「では、大変にお世話になりました。このご恩は忘れません」

千乃が、伊助や園、孝太に向かって言った。

立花屋の店先には、迎えの乗り物が着いていた。中にはあざみの顔もある。

「どうか、奥方様もお元気で。またいつでも店にお越し下さいませ」

伊助が言い、深々と辞儀をした。何しろ千乃の面倒を見たおかげで、大奥への出入りが許されたのである。

孝太も頭を下げた。

千乃は、彼を振り返り、熱っぽい眼差《まなさ》しを向けてから、やがて乗り込んでいった。

そして陸尺《ろくしやく》たちに担《かつ》がれ、千乃は今度こそ本当に、小田浜藩の上屋敷へと帰っていった。

しかしあざみだけは残り、千乃の残した小物を引き取りに、孝太とともに離れへと来た。

「明朝、小田浜へ発つことになった」

座敷に入ると、あざみが大刀を置いて言った。

「そうですか。お名残惜しゅうございます」

「ああ、私もだ。それで、最後に今一度お前と交わりたくて来てしまった」

あざみは言い、手慣れた様子で床を敷き延べ、脇差を置いてくるくると袴の前紐を解きはじめた。

もとより離れには誰も来ない。伊助は店で忙しいし、園も、これから城中へ赴《おもむ》くことになっている。

孝太も急激な淫気を催《もよお》し、帯を解いて手早く着物と下帯を脱ぎ去ってしまった。

「殿が居ないからといって、奥方様に図々《ずうずう》しく言い寄るでないぞ」

あざみは鋭い目で言ったが、もう裸になっているので怖くはなかった。

「はい、恐ろしくてお屋敷になど近づけません」

「ああ、それで良い。私も、また江戸へ舞い戻ったら真っ先にお前に会いに来る。しばしの別れだから、心おきなく存分にしたい」

あざみは言って彼の手を取り、ともに布団に倒れ込んでいった。

「お前の好きなようにして。何をしても良い……」

彼女が仰向けになって言い、早くも熱く呼吸を弾ませはじめていた。

孝太は上から唇を重ね、柔らかな感触と、すっかり馴染《なじ》んだ野趣溢れる息の匂いを嗅ぎ、舌を潜り込ませていった。

「ンンッ……！」

あざみは鼻を鳴らし、彼の舌に強く吸い付いていった。

孝太は美女の口の中を舐め回し、滑らかな舌を心ゆくまで味わいながら乳房に手のひらを這わせていった。

「ああッ……！」

彼女は口を離し、顔をのけぞらせて喘いだ。

孝太は彼女の耳を軽く噛み、黒髪に顔をうずめて甘い匂いを嗅ぎ、汗の味のする首筋を舐め降りて乳首に移動していった。

どうやら彼女は、明日の旅立ち前に、今日は最後の激しい剣術の稽古をしてきたようだった。

胸元はじっとりと汗ばみ、腋からも濃厚に甘ったるい体臭が漂《ただよ》っていた。

孝太は小粒の乳首を舐め回し、吸い付いて膨らみに顔を押しつけた。もう片方も含んで充分に愛撫すると、

「アア……、気持ちいい……」

あざみが激しく身悶え、声を震わせて喘いだ。

孝太は左右の乳首を交互に舐め、さらに腋の下にも顔を埋めて、和毛《にこげ》に鼻をくすぐられながら汗の匂いで胸を満たした。

そして脇腹を舐め降り、そっと歯を立ててみた。

「ああッ……、噛んで、もっと強く……」

あざみが、ひときわ激しく悶えて言った。もともと過酷な稽古に明け暮れている彼女だから、痛みには強いのだろう。あるいは、日頃から男っぽく強い自分を演じているが、逆に痛みを喜ぶ性癖を持っているのかも知れない。

孝太は、前歯ではなく大きく開いた口で肌をくわえ込んだ。噛みしめると、肌の弾力が心地よく伝わってきた。

「アア……、もっと本気で……、血が出ても構わぬ。どうせ誰にも肌を見せることはない……。歯型を見てお前を思い出す……」

あざみは声を上ずらせて言い、すっかり興奮した孝太も、こめかみが痛くなるほど力一杯嚙みしめてしまった。本気で噛んでも、激情が過ぎたあと手討ちにされるわけもないだろう。

「あうう……、いい気持ち……」

あざみは腰をくねらせ、やがて孝太は口を離した。血は出ないが、くっきりと歯型が印された。さらに彼は腹にも移動して歯を立てながら、腰骨から脚を舐め下りていった。

美女の毛深い脚は何とも野性的で魅力だった。内腿にも歯を食い込ませ、彼は足首まで移動した。指の股に籠もった匂いを嗅ぎ、足裏から爪先までしゃぶり、あざみをうつ伏せにさせて、脹《ふく》ら脛《はぎ》から尻にまで順々に嚙んだ。

「ああ……、何やら、お前に食べられているようだ……」

あざみは激しく喘ぎながら、まだ陰戸に触れていないのに、もう気を遣る寸前のように肌を波打たせていた。

彼は逞《たくま》しい脚の間に腹這いになり、引き締まった尻に顔を寄せて、指で谷間をむっちりと広げた。奥にひっそり閉じられている薄桃色の蕾に鼻を埋め込み、秘めやかな匂いを嗅いでから舌を這わせ、充分に濡らしてから舌を潜り込ませた。

「く……」

あざみが息を呑んで呻き、孝太はもがく尻を押さえつけて内部で舌を蠢かせ、滑らかな粘膜を味わった。出し入れするように顔を前後させるたび、尻の丸みがひんやりと密着して心地よかった。

やがて彼は舌を引き離し、あざみに寝返りを打たせて再び仰向けにさせた。

陰戸に顔を寄せると、そこはもう蜜汁の大洪水で、膣口周辺には白っぽく濁《にご》った粘液もまつわりついていた。

孝太は顔を埋め込み、黒々とした茂みに鼻を押しつけて悩ましい体臭を嗅ぎ、熱く濡れた割れ目に舌を這わせた。淡い酸味の蜜汁をすすり、濃厚な汗とゆばりの匂いで鼻腔を刺激されながら大きなオサネに吸い付いていった。

「アアッ……！　孝太、私にも……」

あざみが喘ぎながら言い、彼の下半身を求めてきた。孝太もオサネを舐めながら身を反転させ、激しく勃起した一物を彼女の鼻先へと突きつけていった。

「ウ……、ンン……！」

あざみが顔を寄せ、鼻を鳴らしながら貪《むさぼ》るように肉棒にしゃぶりついてきた。

孝太は快感に身悶えながら、あざみの唾液と舌を感じて高まっていった。

互いに、相手の内腿を枕にした二つ巴《どもえ》の体勢で、二人は相手の最も感じる部分を舐め合いながら、それぞれの股間に熱い息を籠もらせた。

孝太が強く、オサネを吸うと、あざみも息を弾ませ適当に強く吸い付き、何やら感覚が連動しているため、自分で自分の一物を吸っているような気にさえなった。

「ああ……、もう駄目、孝太、入れて……」

やがて耐えきれなくなったように、あざみが一物から口を離してせがんだ。

そして彼が股間から顔を上げると、あざみは自らうつ伏せになり、尻を高く突き出してきたのだ。

「後ろから、犯して……」

あざみが、尻をくねらせて言う。

ここでも、被虐《ひぎやく》の兆《きざ》しを見せているから、孝太は今回の別れが惜しくなった。もう少し情交を重ねれば、彼女はもっと新たな快楽に目覚めていくことだろう。それらは全て、再会したときまで取っておくしかない。

とにかく孝太は、強い武芸者が尻を突き出し、無防備な体勢で挿入を待っていることに激しく興奮し、膝を突いて身を起こし、股間を進めていった。

そして後ろから陰戸に亀頭を押し当て、感触を味わいながらゆっくりと貫いていった。

「アアーッ……！」

ぬるぬるっと根元まで押し込むと、あざみが汗ばんだ背中を反らせて喘ぎ、深々と受け入れていった。孝太も股間を密着させ、尻の丸みと弾力を感じながら快感に高まっていった。

そのまま腰を抱え、最初から勢いをつけて律動《りつどう》を開始した。

「ああ……、気持ちいい……！」

あざみが顔を伏せたまま激しく乱れ、自ら尻を前後させながら大量の淫水を漏らした。孝太も腰を前後させ、何とも心地よい摩擦に包まれた。

「い、いく……、すごい、アアーッ……！」

たちまちあざみが声を上げ、がくんがくんと狂おしい痙攣を起こした。

同時に膣内の収縮も最高潮になり、どうやら本格的に挿入で気を遣ってしまったようだった。

「く……！」

続いて孝太も昇り詰め、大きな快感の中で股間をぶつけ、ありったけの熱い精汁を内部に注入した。そして大きな背中に覆いかぶさり、両脇から回した手で乳房を揉みしだきながら動き続け、最後の一滴まで心おきなく出し尽くした。

「ああ……、死ぬ……」

あざみは口走り、力尽きたようにうつ伏せになっていった。

孝太も抜けないよう股間を押しつけて彼女に重なり、甘い匂いの髪に顔を埋めながら、うっとりと快感の余韻を味わうのだった。

四

「まあ、孝太さん。私これから立花屋さんへ行くところだったの」

「そう、私も藤乃屋さんへ行くつもりだったんです」

道で、ばったり雪江に会った孝太は顔を輝かせた。千乃がいなくなり、やはり寂しくなって雪江に会いに来たのだが、藤乃屋を訪ねるとどうしても、彼女の亭主、藤兵衛に会わなければならず、それが決まり悪かったのだ。だから外で会えたのは嬉しかった。

「何か御用でしたか？　私は、喜多岡様から、お礼だと言って過分な金子《きんす》を頂いてしまったので、それをご報告しようと」

「私は、千乃様がお屋敷へ帰ったので、それを言おうと……」

孝太は言いながら並んで歩き、大丈夫だろうかと、不安と期待を胸にして、前に行った神社裏の出合い茶屋へと向かっていってしまった。

「待って、孝太さん……。私たち、もうお別れは済んでいるはずです……」

明日は雪江もあらためて白無垢《しろむく》を着て近所の人の祝いを受け、明後日からは眉《まゆ》を剃《そ》ってお歯黒を塗るのだろう。

すでに夫婦としての暮らしをしているとはいえ、亡母の喪《も》も明けたので、

雪江が言い、孝太は寂しげに俯《うつむ》いた。

「私、明日、正式にお披露目《ひろめ》をするんです……」

「そうでしたね……」

「そんな顔しないで、孝太さん。私、困ります」

「ええ、ごめんなさい……、おめでとうを言わなければならないのに……」

「いいんです、もう身内だけの祝言は済ませているのだから」

雪江は言い、孝太は小さく頷きながらも、待合いの方へ歩を進めてしまった。

「どうして、そっちへ行くの」

「すみません。身体が自然に……」

「もう、私帰ります。さよなら！」

雪江は言い、足早に立ち去ってしまった。

孝太は、彼女を見送ることもせずうなだれ、自分でも女々《めめ》しい奴だと思いながら悲しみと慕情に身体が動かず、立ち尽くしていた。

すると、彼はいきなり手を握られた。

いつの間にか戻ってきた雪江が、彼の手を引っ張り、急いで出合い茶屋へと入ってしまったのだ。

呆気《あっけ》に取られるうち階段を上がり、前と同じ部屋に通され、二人きりの密室に入ると、ようやく孝太は落ち着いて状況を判断した。

「私、自分で何をしているか分かりません……」

雪江が怒ったように言い、自分からてきぱきと帯を解きはじめた。

孝太は歓喜に包まれ、今は哀《かな》しみよりも快楽を求めようと、心根を切り替えた。そして彼も手早く着物と下帯を脱ぎ去り、先に全裸になってしまった。

布団に仰向けになって待つと、雪江もみるみる健康的な肌を露出させ、腰巻まで取り去って一糸まとわぬ姿になると、いきなり彼の腹に馬乗りになってきた。

「しっかりして。弱虫！」

雪江が彼を見下ろし、熱い息で言った。

「ああ、わかりました。ごめんなさい。ここを出たら生まれ変わりますので、気合いを入れるため頬を張ってください……」

「いいわ。思い切り叩くけど、泣いたら駄目よ」

雪江が言って手を振り上げた。

どうせ戯《たわむ》れだから加減するだろうと思っていた孝太の左頬に、雪江は渾身《こんしん》の力を込めて手のひらを叩きつけてきた。

「うわ……！」

小気味よい音が響き、耳まで痺《しび》れるほどの衝撃が伝わってきた。

驚いて目を閉じ、済んだかと思って恐る恐る開くと、今度は手の甲が反対側の頬に炸裂《さくれつ》してきた。

「ひい……！」

往復で叩かれ、孝太は甘美な痛みに頭から一物まで痺《しび》れさせた。

そして雪江が顔を寄せ、叩いたばかりの頬に唇を押しつけてくれた。

孝太は快感にうっとりとなり、可憐な新造の口づけに身を委《ゆだ》ねた。

彼女はぬらりと舌を這わせ、彼の左右の頬を優しく舐めてくれた。

孝太は顔をそちらに向け、雪江の可愛い唇に指を当てた。中に差し入れると、彼女も口を開き、顔を寄せたまま好きにさせてくれた。

指先で、白く綺麗《きれい》な歯並びに触れた。これも、間もなくお歯黒が塗られてしまうのだ。表面はぬらりとした光沢《こうたく》があり、小粒だが隙間なくきっしりと生え揃《そろ》い、奥まで一本の虫歯もなく健康的だった。

そして口から洩れる息は熱く湿り気があり、何とも甘酸っぱくかぐわしい果実臭を含んでいた。

「まだいじるの？　涎《よだれ》が……」

下向きのまま口を開いているので、雪江が唾液を垂らしそうになりながら言った。

「垂らして……、顔中に……」

孝太は真下から彼女の顔を引き寄せ、大きく開いた口に鼻を押し込み、悩ましい芳香で胸を満たした。

すると雪江も、溢れて滴る唾液はそのままに、下の歯で彼の鼻の下をそっと噛んで刺激し、舌先で鼻の穴を舐め、さらに顔中まで舐め回してくれた。それは舐めるというより、大量に滴らせた唾液を舌で塗りつける感じだ。

「もっとかけて……」

囁くと、雪江はことさらに唾液を滴らせ、太く糸を引く小泡混じりの粘液で彼の鼻筋を濡らしてくれた。時にはペッと勢いをつけ、それをまた舌でヌラヌラと広範囲に広げてくれた。

「口にも……」

言うと、雪江は愛らしい唇をすぼめ、何度も新鮮な唾液を彼の口に垂らし、いくらでも飲ませてくれた。

孝太は、美少女の唾液と吐息だけで、今にも果てそうなほど高まってしまった。

「嚙んで……」

さらに濃厚な愛撫をせがむと、雪江は痕《あと》にならない程度に、そっと彼の頰に歯を立ててくれ、小刻みに嚙んで刺激してくれた。そして反対側の頰も嚙み、さらに彼の上唇にもきゅっと小粒の歯並びを食い込ませてきた。

孝太は甘美な快感に恍惚《こうこつ》となり、美少女に食べられている錯覚に酔いしれた。

そして舌を伸ばすと、雪江は軽く歯を当てながらチュッと吸い付き、ねっとりと舌をからみつかせてくれた。

彼は美少女の甘酸っぱい息で鼻腔を満たし、滑らかに蠢く舌を味わいながら、注がれる唾液で喉を潤した。

すると雪江は彼の首筋を舐め下り、乳首にも吸い付いてから歯を立ててきた。

「あうう……、もっと強く……」

悶えながら言うと、雪江はちぎれるほど力を込め、もう片方も念入りに愛撫してくれた。可憐でおとなしそうに見えるが、その内には江戸娘らしい勝ち気さも充分に秘めているのだ。

だから時には容赦《ようしゃ》ない力が入り、そのたびに孝太は身をくねらせて反応した。

雪江は彼の脇腹にも歯を食い込ませ、愛らしい歯型を付けながら下降していった。

そして股間を飛び越え、内腿に嚙みつかれると、

「アア……、気持ちいい……、血が出てもいいから強く……」

孝太は激しく身悶え、美少女の強烈な愛咬《あいこう》に激しく高まった。

やがて彼女は孝太の左右の内腿をさんざんに嚙み、中心部に熱い息を吐きかけてきた。まずは舌先がふぐりを舐め回し、睾丸を転がしてから肉棒を舌先でたどり、先端まで舐め上げてきた。

「ああ……、そこは、嚙まないで……」

「いやよ、嚙みたくなったら嚙むわ。動かないで……」

雪江はいつになく激しい気性を前面に出し、先端にしゃぶりついてきた。鈴口を舌先でくすぐり、亀頭全体を含んで吸い付き、さらに裏側の先端に近い部分の包皮をそっと前歯で挟み、小刻みに嚙んできた。

「あぁッ……、気持ちいい……、いきそう……」

孝太が喘ぎ、快感に腰をくねらせると、雪江は喉の奥まで呑み込み、一転して艶か

しい舌の動きと吸引を開始した。さらに顔を上下させ、すぽすぽと濃厚な摩擦を行なうと、ひとたまりもなく彼は絶頂に達してしまった。

「あうう……、いく……！」

口走り、孝太は股間を突き上げながら、ありったけの熱い精汁を勢いよくほとばらせ、美少女の喉の奥を直撃した。

「ンン……」

雪江は小さく鼻を鳴らして噴出を受け止め、吸引と舌の動きを止めず、全て飲み込んでくれた。孝太は快感に身悶えながら最後の一滴まで吸い出され、やがて精根尽き果てたようにぐったりと身を投げ出した。

五

「さあ、出して落ち着いたでしょう。まだ離さないわ。早く元の大きさに戻して」

雪江が添い寝し、腕枕しながら囁いた。

とことんしてくれようという、雪江の優しさが感じられ、孝太は胸をいっぱいにしながら彼女の乳首に吸い付いた。

可憐な桜色の乳首を含み、舌で転がしながら柔らかな膨らみに顔を押し当てると、何とも甘ったるく可愛らしい体臭が鼻腔を刺激してきた。

彼は充分に乳首を吸い、もう片方も含んで舐め回してから、和毛の煙《けぶ》る腋の下に顔を埋め、汗に湿った芳香を嗅いだ。

「ああ……」

雪江が喘ぎ、次第にうねうねと肌を波打たせはじめた。彼は、美少女の甘ったるい汗の匂いと、甘酸っぱい息を感じながら、急激にむくむくと回復していった。

彼女が完全に受け身になったので、孝太は上になり、柔肌を舐め下りた。愛らしい縦長の臍を舐め回し、張りのある腹部にも顔を埋め込んで、腰から太腿へと移動していった。

相手は新造だから、やはり噛んで歯型を付けたり、強く吸い付いて痕にしてはいけない。

孝太は健康的にムッチリした脚を舐め下りて、足裏に顔を埋め込んだ。雪江の指の股は、今日も汗と脂《あぶら》に湿り、悩ましく蒸れた芳香を籠もらせていた。

足裏を舐めて爪先をしゃぶり、彼はしょっぱい味と匂いが消え去るまで貪り、桜色の爪を噛み、全ての指の間に舌を割り込ませた。

「アアッ……！　くすぐったいわ……」

雪江が顔をのけぞらせ、うっとりと喘いだ。孝太は舐め尽くし、もう片方の足も同じように念入りに愛撫してから、脚の内側を舐め上げていった。

仰向けの雪江は両膝を全開にしてくれ、孝太は滑らかな内腿をたどって中心部に迫った。

割れ目からはみ出す花弁が、たっぷりと蜜汁を宿し、ぬめぬめと光沢を放って息づいていた。顔を寄せただけで、悩ましい体臭を含んだ熱気と湿り気が顔中を心地よく包み込み、彼は堪《たま》らず柔らかな茂みに鼻を埋め込んでいった。

若草の隅々には、汗とゆばりの匂いが馥郁《ふくいく》と籠もり、孝太は何度も吸い込んで胸を満たしながら、熱く濡れた柔肉に舌を這わせはじめた。

「ああッ……、いい気持ち……」

細かな襞の入り組む膣口から、ぬめりをすすりながらオサネまで舐め上げていくと雪江が激しく喘ぎ、内腿できつく彼の顔を締め付けながら顔をのけぞらせた。

孝太はもがく腰を抱え込み、美少女の匂いに包まれながら淡い酸味の蜜汁を舐め取り、オサネに吸い付き続けた。

さらに脚を浮かせて尻に鼻を埋め込み、秘めやかな匂いのする蕾を舐めながら、顔中に密着する双丘の感触を楽しんだ。

そして肛門内部の粘膜まで存分に味わってから、脚を下ろして、再び割れ目を舐め回し、新たに溢れた蜜汁をすすった。

「アア……、いきそう……、お願い、入れて……」

雪江が声を上ずらせて喘ぎ、下腹を波打たせて言った。

「そ、その前に、ゆばりを出して……」

孝太は、激しく興奮しながらせがんだ。

「あん……、仰向けのままだと、出しにくい……」

雪江はむずがるように言いながらも拒まず、その気になって下腹に力を入れはじめてくれた。

仰向けだと咳《せ》き込みそうになるので、孝太はこの体勢で味わいたかったのだ。もちろん待合いの布団を濡らすのも憚《はばか》られるので、こぼすつもりはなかった。

舐めるうち、たちまち柔肉に満ちる淫水の味わいが変化し、濃くなってきた。

「ああ……、出ちゃう……」

雪江が言い、間もなく温かな流れが溢れてきた。孝太は夢中で吸い付き、蜜汁とは違う味わいの液体を喉に流し込んだ。それは勢いを増し、夢中で飲まないと追い付かないほどだった。

「アア……」

雪江はうっとりと喘ぎながら、最後まで出し切ってしまった。

孝太も何とか、一滴もこぼさず飲み干し、ようやく味と匂いを堪能することが出来た。なおも余りの雫《しずく》をすすり、割れ目内部を舐め回していると、さらに多くの蜜汁が溢れ、舌の動きを滑らかにさせた。

「ねえ……、早く、お願い……」

雪江が腰をくねらせてせがみ、ようやく孝太も待ちきれなくなって身を起こした。

そして股間を押し進め、すっかり張りつめた亀頭を陰戸にこすりつけ、ぬめりを与えながら位置を定めた。

雪江は、まだ貫かれる前から激しく喘ぎ、下腹を起伏させていた。

彼は息を詰め、感触を味わいながらゆっくりと挿入し、ぬるぬるっとした滑らかな肉襞の摩擦に高まった。

「あぁッ……、いいわ、とっても……」

雪江が目を閉じ、顔をのけぞらせて喘いだ。

孝太は根元まで潜り込ませ、股間を密着させながら身を重ねていった。彼女も両手でしがみつき、若草をこすり合わせながら股間を突き上げてきた。彼は雪江の肩に腕を回し、胸の下で柔らかな乳房を押しつぶしながら腰を突き動かしはじめた。

恥骨のコリコリと、熱く濡れた柔肉の感触が最高で、たちまち彼は動きを速めて高まった。雪江も彼の背に爪を立て、きゅっきゅっと何度もきつく締め上げながら激しく息を弾ませた。

孝太は唇を重ね、甘酸っぱい息を嗅ぎながら舌をからめ、生温かな唾液をすりながら、とうとう二度目の絶頂を迎えてしまった。

「ンンッ……！」

ありったけの熱い精汁を勢いよく内部にほとばしらせ、快感に呻くと、雪江も噴出を感じ取った瞬間に気を遣ったようだった。

「アア……、気持ちいい、いく……！」

口を離し、淫《みだ》らに唾液の糸を引きながら喘ぎ、がくがくと狂おしく腰を跳ね上げはじめた。その勢いと力は、孝太の身体が上下するほどで、可憐な雪江は弓なりに反り返って乱れに乱れた。

やがて孝太は宙に舞うような快感の中、最後の一滴まで心おきなく絞り尽くし、やがて満足して動きを止め、ぐったりと体重を預けていった。

「ああ……、孝太さん……」

雪江もすっかり満足したように声を洩らし、肌の硬直を解きながら、うっとりと力を抜いていった。

孝太は重なったまま、雪江の喘ぐ口に鼻を押しつけ、熱く湿り気ある、果実臭の息で胸を満たしながら、うっとりと快感の余韻に浸った。内部でぴくんと幹を脈打たせると、

「あう……」

まだ感じている雪江が声を洩らし、答えるようにきゅっと締め付けてきた。

やがて二人が充分に呼吸を整えると、孝太はゆっくりと股間を引き離し、処理も後回しにして添い寝した。雪江の方が年下だが、新造なので彼はもちろん甘えるように腕枕してもらった。

「ねえ、これからも、たまでいいから会ってもらえないですか……」

孝太は、未練たらしく囁いた。

「ええ……、孝太さんが、私だけでなく他の女にもちゃんと目を向けるのであれば、たまにならら会ってもいいです……」

「本当……？」

孝太の胸の中に、急に明るい陽が射しはじめた。

雪江は通常の女とは逆に、彼の気持ちが自分一筋になることを恐れているのだ。

他の女にも気持ちを向け、そしてたまに雪江と会えるなら、孝太にとってこれより良いことはない。

「それに、実は千乃様からも、またたまに三人で会おうと言われていますから」

「そう、じゃこれきりじゃないですね」

孝太は歓喜に打ち震えながら言い、もう一度愛《いと》しげに雪江の肌に顔を押し当てていくのだった……。

一〇〇字書評

切り取り線

購買動機（新聞、雑誌名を記入するか、あるいは○をつけてください）

□（　　　　　）の広告を見て	
□（　　　　　）の書評を見て	
□ 知人のすすめで	□ タイトルに惹かれて
□ カバーがよかったから	□ 内容が面白そうだから
□ 好きな作家だから	□ 好きな分野の本だから

●最近、最も感銘を受けた作品名をお書きください

●あなたのお好きな作家名をお書きください

●その他、ご要望がありましたらお書きください

住所	〒				
氏名		職業		年齢	
Eメール	※携帯には配信できません	新刊情報等のメール配信を 希望する・しない			

あなたにお願い

この本の感想を、編集部までお寄せいただけたらありがたく存じます。今後の企画の参考にさせていただきます。Eメールでも結構です。

いただいた「一〇〇字書評」は、新聞・雑誌等に紹介させていただくことがあります。その場合はお礼として特製図書カードを差し上げます。

前ページの原稿用紙に書評をお書きの上、切り取り、左記までお送り下さい。宛先の住所は不要です。

なお、ご記入いただいたお名前、ご住所等は、書評紹介の事前了解、謝礼のお届けのためだけに利用し、そのほかの目的のために利用することはありません。またそのデータを六カ月を超えて保管することもありませんので、ご安心ください。

〒一〇一−八七〇一
祥伝社文庫編集長　加藤　淳
☎〇三（三二六五）二〇八〇
bunko@shodensha.co.jp

寝《ね》とられ草紙《ぞうし》　長編時代官能小説

平成20年10月20日　初版第1刷発行

著　者　睦《む》月《つき》影《かげ》郎《ろう》

発行者　深澤健一

発行所　祥《しよう》伝《でん》社《しや》
東京都千代田区神田神保町3-6-5
九段尚学ビル　〒101-8701
☎03（3265）2081（販売部）
☎03（3265）2080（編集部）
☎03（3265）3622（業務部）
印刷所　萩原印刷

製本所　積信堂

ISBN978-4-396-33464-2　C0193

祥伝社のホームページ・http://www.shodensha.co.jp/